婚約
れた替え玉令嬢、
初恋の年
子に溺愛される

author
棒名丼

illustrator
雲屋ゆきお

TOブックス

konyakuhaki sareta
kaedamareijho
hatsukoi no toshiueouji ni
dekiai sareru

Contents

〜第一部　初恋との再会〜

イラスト：雲屋ゆきお　／　デザイン：CoCo.Design　小菅ひとみ

第一章

婚約破棄されました

「ルイゼ・レコット！　僕はお前との婚約を破棄する！」

婚約者であるフレッド王子が告げる声を、ルイゼは唖然《あぜん》として聞いていた。

とある公爵家の主催した夜会の真っ最中である。

着飾った人々の談笑する声であんなにも華やかに賑わっていた広間に、今やシンと冷たい沈黙が満ちている。

そもそもフレッドは今日、急な体調不良だとかで夜会を休んでいたはずだ。

おかげで土壇場《どたんば》でパートナーを失ったルイゼは、周囲にチラチラ見られながらもひとりで参加せざるを得なかった。

それなのにキチンと正装姿をしたフレッドの……その隣には、彼に寄り添う少女の姿がある。

艶《つや》がある、よく手入れされた鳶色《とびいろ》の長い髪。

光を放つかのような紫水晶《アメジスト》の瞳。

白磁《はくじ》の肌にさくらんぼ色の唇をした、思わず守ってあげたくなるような愛らしい容姿の少女。

外見だけならば、ルイゼにうり二つの双子の妹――ほくそ笑むような表情を浮かべた、リーナ・レコットが。

立ち尽くすルイゼに、フレッドは軽蔑《けいべつ》するような眼差しを向ける。

「魔法学院でも成績は最下位、授業も休んでばかりだったな。王族の婚約者としてお前はあまりに不適格だ」

「…………」

「それに比べ、双子の妹であるリーナは努力家で学業成績にも優れ、友人も多く、僕から見ても驚くほどに立派な淑女《しゅくじょ》だというのに……ルイゼ、お前は姉として少しは恥ずかしいと思わないのか！」

呆れたように吐き捨てるフレッド。

そんな金髪碧眼《へきがん》の見目麗しい第二王子・フレッドと腕を組んだリーナは、口元の笑みを見事に消してみせると、両目に涙さえ溜めて言う。

「フレッド様、そんな風に姉を責めないでください。姉は、とても可哀想な人なんですっ」

「リーナ、お前は優しすぎる。お前が見捨てないからこそ、今までどうにかルイゼもやって来られたんだろうがな」

「フレッド様ぁ……」

リーナが感激のあまり目を潤ませる。

フレッドはそんなリーナに頷きかけると、周囲を大きく見回した。

「――そして、ここに集まったみんなに大事なことを聞いてもらいたい」

わざとらしく咳払《せきばら》いをしてから、フレッドが上ずった声で言う。

「残念ながら婚約者に恵まれなかった僕だが……そんな僕に、真実の愛というものを教えてくれた人が居た。僕は、隣にいるリーナ・レコットっ……彼女と正式に、婚約を結ぶ！」

その瞬間、割れんばかりの拍手が広間に響き渡った。

祝福に包まれたフレッドとリーナは、幸せそうに腕を組んで微笑みを交わす。

「お似合いですわ、フレッド殿下」

「リーナ・レコットほどの〝才女〟は他に居ないからな」

そんな声があちこちから上がる中、誰かがボソリと言った。

「やっぱり、おかしかったのよね。あの無能令嬢が殿下の婚約者だったなんて……」

拍手の音に紛れてクスクス、と数人の笑い声が響く。

貴族たちの侮蔑《ぶべつ》と、嘲笑《ちょうしょう》と同情と、好奇の視線を一身に浴びながらも――ルイゼは小さく溜め息を吐いた。

堂々と陰口を言われるのには昔から慣れっこだ。

……そんなことより。

努力家で学業成績に優れ、友人も多く、素晴らしく立派な淑女……。

（――それ、本当は私なんですけどね）

全部じゃないけど。学業成績に関してだけは間違いなく。

正しくは、リーナの替え玉を務めていたルイゼへの評価と言うべきだろうか。


ルイゼとリーナは、レコット伯爵家の長女と次女として生まれた双子だ。

控えめで地味なルイゼとは違い、昔からリーナは我儘《わがまま》で甘え上手な子だった。

リーナはルイゼの物ならなんでも欲しがり、奪い取らなければ気が済まない性質だった。

ルイゼはリーナが「欲しい」と言えばお気に入りのオモチャを差し出し、リーナが「いらない」と投げ捨てれば壊れたオモチャを屈んで拾った。

それどころかリーナは都合の悪いことがあると「ルイゼがやった」と周囲に言いふらす悪癖があり、ルイゼは困るばかりだった。

昔は、勇気を出して父に相談したこともある。

優しい父が眉を怒らせて注意したことで、リーナがしばらく反省したこともあったのだ。

でも、いつからだったただろう――。

ある日から突然、父はルイゼが何を言っても信じてくれなくなった。

「嘘ばかり吐くな。お前はリーナの姉なのだから、もっとちゃんとしなさい」

そう叱責《しっせき》される度に、幼い日のルイゼは悲しさと悔しさのあまり唇《くちびる》を噛み締めた。

十五歳になり、魔力を持つ人間には義務である魔法学院への入学を果たしてからも、そんな生活は変わるどころかむしろ悪化した。

勉強嫌いのリーナは、入学後まもなく魔法学院の授業についていけなくなったらしい。

ある日、同室のリーナはルイゼに向かって、愛らしく小首を傾げてみせた。

「お姉様、わたくしの替え玉になってくださらない?」

――そんなリーナの一言から、ルイゼは逃れることが許されなかった。

ルイゼは試験や重要な授業のときだけリーナとして登校し、周囲が驚愕するほどの華々しい成績を残した。そしてその結果として、ルイゼ・レコットの成績は見る見るうちに落ちていったのだ。

それもそのはず。

フレッドも言った通り、ルイゼがリーナの代わりに出席するということはつまり——ルイゼ自身は、大切な試験のほぼ全てを欠席せざるを得なかったから。

一年間の学校生活の終わり……卒業式ではリーナが卒業生代表として挨拶《あいさつ》をした。

代表に選ばれるのは首席の生徒だ。そしてとびきり優秀な生徒は、在学中に魔法省や、魔法大学への推薦《スカウト》を受けることもある。

リーナもその筆頭だったが、勉強など大嫌いだと豪語するリーナはその全てを素っ気なく撥《は》ねつけた。もちろん、ルイゼの意見など聞くこともなく。

ルイゼのたったひとつの夢が、魔法大学に行くことだった。

そのために普段から学術書や魔術書を読んでは、魔法のことを熱心に学んで過ごしてきたのだ。

それでもそんな大切な夢は、こうして呆気なく終焉《しゅうえん》を迎えた。

ルイゼは、卒業式の日には部屋に籠《こ》もりきって声を上げて泣いた。物心ついてから、ルイゼが泣いたのはあれが初めてのことだった。

小さな頃からの婚約者であるフレッドも、当初こそルイゼを心配する様子はあったものの、それは次第に授業を何度も休むルイゼへの軽蔑へと変わっていった。

馬鹿な婚約者を持って恥ずかしい、お前の妹のリーナはあんなに頭がいいのに……と面と向かって言われたことさえあったほどだ。

ほんの一ヶ月前までの地獄のような学院生活を思い返して、ルイゼは嘆息する。

(……双子なんて神秘的だとか、眺めていて微笑ましいだとか、そんな言葉を向けられることもあるけれど)

ルイゼからすればとんでもない。

都合のいいときだけは代わりに使われ、ときには自分の名を騙《かた》った妹に悪評を広められ、数少ない友人さえ失う。

自分と同じ顔をした悪魔がずっと傍に居る。

それがどれほどの苦痛か、理解できる人間は少ないだろう。

「さきほどから黙っているな、ルイゼ。全て事実である故に言い返すこともできないのか?」

フレッドから言葉を投げかけられ、ルイゼは無言で彼を見返した。

真実を——今までの全てを、今ここで彼に打ち明けられたらどんなに良いものか。

しかし今さら、フレッドが信じてくれるとも思えなかった。

次にルイゼはフレッドに寄り添うリーナを見つめた。

リーナが以前から、ルイゼの婚約者であるフレッドに興味を抱いているのには気がついていた。

というのもフレッドに惹《ひ》かれているというよりは、ルイゼだけが得ていた王族の婚約者という地位がほしくなったのだろう。

……ルイゼはフレッドのため、国のために厳しい王子妃教育だって弱音の一つも吐かずに受けてきたけれど。

しかしフレッド自身からこうして婚約の破棄を宣告された以上、それも全て無意味なことだった。

今後はリーナがルイゼに代わり、彼を隣で支える立場となるのだから。

そこまで考えたところで――。

……あれ？　とルイゼは内心、首を傾げる。

（つまり――私は、リーナの替え玉からは解放されるってこと？）

学院ではリーナの演技をして振る舞い、授業を受けては試験に解答した。

気分屋のリーナが『面倒くさい』と言ったときにはリーナの代わりに外出し、リーナの代わりに人付き合いをして、リーナの代わりにダンスパーティーに出席して愛想を振りまくこともあった。

勉強家のルイゼにとって、それは非常に面倒なことだった。

そんな暇《ひま》があるくらいなら、本の一冊でも読んでおきたいと思っていたのだ。

ということはつまり、

（……うん。それ、けっこう悪くないんじゃない？）

ルイゼはそう率直に思った。

これからもリーナに利用し尽くされ、自分の人生はそうしてつまらなく終わるのだと思っていたけれど。

これからはちゃんと、自分の――自分だけの人生を、生きられるかもしれない。

毎日安らかに、本を読んで生きることならばきっと。

そう思うと少しだけ心が軽くなった。

というより、そう思わなければやっていられなかったのかもしれないが。

ルイゼはふんぞり返るフレッドを見つめ言い放った。

「フレッド殿下。私は殿下からの婚約破棄の申し出を受け入れます」

それを聞いたフレッドが驚いたような顔をする。

ルイゼが婚約破棄を嫌がり、泣くか喚《わめ》くかの想像でもしていたのだろうか。

「それと最後に」

ルイゼはスカートの裾《すそ》をつまんだ。

そして、誰もが思わず見惚れてしまうような美しい所作で優雅に一礼してみせる。

下げた頭の動きと同時に柔らかく、鳶色の長い髪が彼女の華奢《きゃしゃ》な肩に垂れた。

ルイゼは顔を上げ、ポカンとしている二人に向かって——毅然《きぜん》と微笑んでみせた。

「フレッド殿下。リーナ。ご婚約本当におめでとうございます。どうか二人でお幸せに」

そう言えた自分のことを、家に帰ったら褒めてあげようとルイゼは思った。

◇◇◇

「お姉様、わたくしの替え玉になってくださらない?」

それは、魔法学院に入学して間もなくのこと。

唐突にそんなことを言い出した妹のリーナに、ルイゼは困惑した。

「……リーナ、それはどういう意味?」

「言葉の意味そのままよ。わたくし、いちいちテストとか受けるの面倒なの。お姉様はお勉強だけはお得意だそうだから、わたくしのふりをして試験に出てほしいの。ただそれだけの話よ？」

あっけからんと言い放つリーナに、ルイゼは沈黙する。

また、妹がわけの分からないことを言い出した。ルイゼは頭が痛くなってきた。

ルイゼとリーナの双子の姉妹は、鏡合わせのようによく似ている。

幼い頃の二人を正確に見分けられたのは、病で亡くなった実の母親だけだったそうだ。

しかし最近では、そんな二人の外見にも少しずつ差異は生まれつつある。

ルイゼは薄化粧に動きやすい格好を好むが、リーナは化粧が厚く、豪奢な服装を選ぶ傾向にあった。

だが、リーナは何も心配はないというように笑う。

「ああもちろん、化粧や服装、それに髪型やアクセサリーはその都度わたくしが指定するから安心して。お姉様はわたくしと違って最新の流行も知らないもの。さすがにわたくしも、そんな冴えない女だと周りに誤解されるのは屈辱《くつじょく》だから」

リーナは自分勝手な暴論をまくし立てるように喋っている。

ルイゼはなんとか、口を開いた。

「もういい加減やめてよ、リーナ……」

「あら？　なんのこと？」

青ざめたルイゼに対し、リーナはとぼけるように頬に手を当てる。

リーナはかんしゃく持ちだ。気に入らないことがあるとすぐに物を投げたり、人に当たったりする。

自分に危害が加えられるだけならまだ良かった。ルイゼはそれなら耐えられた。

だが、ルイゼが我慢強いのに気がついたリーナはすぐに方針を変えた。

ルイゼではなく、家の使用人に当たり散らすようになったのだ。

その結果、十年前のあの日――侍女見習いの少女の顔に、一生涯消えない傷を残すこととなったのだ。

（……あの日から私は、リーナの言葉には逆らえない）

それだけではない。

使用人に暴力を振るったり、無理難題を押しつけたり。

それにルイゼの友人に、ルイゼに成りすまして会い、辛辣《しんらつ》な言葉をぶつけては遠ざける。

それでも――どうしても、ルイゼは今回のリーナの申し出だけは受けたくなかった。

この魔法学院で、ルイゼには叶えたい夢があるから。

子どもの頃から大切に胸に抱いてきた、たったひとつの夢があったから。

王族の婚約者であるルイゼには、叶えるのが困難かもしれない夢だが――それでもずっと、目指してきたもの。

「お願い、リーナ。試験は自分で受けてほしいの。勉強ならもちろん手伝うから」

「？　お姉様、よく分からないけれど……もともとお姉様の意見なんて聞いてないわよ」

だって、とリーナは続けた。

「一時でもわたくしの代わりを務められるなんて、お姉様みたいなつまらない人間にとってとんでもなく名誉なことなのよ？」

◇◇◇

……嫌な夢を見た。

繰り返し繰り返し、何度も見ている夢だ。

おかげで寝起きは最悪だった。全身を、汗が流れているいやな感覚がある。

（【眠りの指輪】がないと、夢見まで悪い気がする……）

ルイゼは身体を起こし、ベッドの上でぎこちなく伸びをした。

まだ早朝の鐘も鳴らない朝早くだ。

ルイゼは起き上がると、自室の小さな窓を開けた。

部屋に入り込んできた生ぬるい風が髪の間に入り込んできて、少しだけ清涼な心持ちになる。

外の景色をぼんやりとした面持ちで眺めながら、小さく息を吐いた。

「……まさか、部屋から一歩も出るなと言いつけられるとは」

そう。

フレッドから婚約破棄を告げられたあの日の深夜、出かけていた父が帰ってきて――ルイゼは父の書斎へと呼び出され、数時間に亘《わた》る説教と叱責を受けた。

その内容はといえば、よくも名誉あるレコット家の名を傷つけてくれただとか、あれほどの良縁に恵まれながら恥ずかしくないのかだとか、そんなもので……ルイゼは謝罪をしたが、父の怒りは収まらなかった。

どんなときも点数を稼ぐことを忘れないリーナは、一度だけ顔を見せにきてこんな言葉を残していった。

「お父様！　お姉様は不憫《ふびん》で、お可哀想な方なのだもの。どうか許してあげてね」

リーナの目論み通りというべきか、説教の内容はあんなに素晴らしい妹が居るのにこの面汚しめ――へと変わり、さらに長引くこととなった。

数時間も立たされたまま父の激昂《げっこう》に晒《さら》されながら、ルイゼはぼんやりと思った。

では、ルイゼから婚約者を奪ったリーナは恥ずかしくないのだろうか？

リーナの行為は、淑女として褒められるべき素晴らしいことなのだろうか？

……それでも、何も言えなかった。

幼い頃、涙ながらに無実を語ったとき――口答えするなと、父に頬をぶたれた記憶がまざまざと胸に甦《よみがえ》ってしまったから。

ルイゼにはいつだって諦めがある。

それは、十六歳の彼女の心を鉛のように重くしている。

ルイゼは窓を閉めると、机の上を振り返った。

（王立図書館で借りていた本、あと一冊で読み終わってしまうわ）

王立図書館は珍しい本の収集された場所で、読書好きのルイゼにとっては夢のような空間だ。

この国――アルヴェイン王国では魔法研究が盛んで、王立図書館に所蔵された本にも魔法や魔道具に関する書物が膨大に存在している。

その全てを読み切るのを楽しみに、毎週のように通っていたが……フレッドとの婚約を破棄された以上、そう簡単には図書館には通えなくなるだろう。

王族の婚約者という立場を失ったただの伯爵令嬢であるルイゼの場合、王立図書館に入るにはその度に申請が必要になる。しかも、許可が下りるまでは数日を要するのだ。

その点だけは、フレッド殿下の婚約者という立場は恵まれていたなとルイゼは思う。

（……いいえ。フレッド殿下のことを考えるのはやめましょう）

ルイゼは頭を振って、気を取り直すように呼び鈴を鳴らした。

部屋には間もなく、茶髪に同色の瞳をした侍女が姿を現した。

「おはようございます、ルイゼお嬢様」

「おはようミア。今日も良い天気ね」

ルイゼ付きの侍女であるミアは明るく微笑み、ぺこりと頭を下げた。

ルイゼは物心つく前からミアに面倒を見てもらっていたそうだが、若々しいミアの外見は二十代と言われても違和感がない。正式な年齢については、ルイゼは知らなかったりする。

父と妹はルイゼを蔑ろに扱うが、ミアを始めとする使用人の多くはルイゼのことを慕ってくれている。

ルイゼにとっては、ミアたちこそ本当の家族のように感じられることもあった。

だから普段人前だと張り詰めているルイゼの表情は、母親代わりのミアの前だと年頃の少女らしく緩《ゆる》むのだった。

「ねぇミア。もうすぐ読む本がなくなってしまうのだけれど、町の本屋や図書館を見てきてもらえないかしら？」

ミアに着替えを手伝ってもらいつつ（外出できないので部屋着用のワンピースに着替えるだけだが）相談してみると、ミアは困ったように微笑んだ。

「ルイゼお嬢様ったら、本当に本がお好きなんですから……。叶えてあげたいのはやまやまですが、お嬢様がお気に召すような本が見つかるかどうか」

悩ましげに唸《うな》るミア。

ちなみにミアは今までにも何回かルイゼの本巡りに付き合ってくれていて、ルイゼの「その本は読んだわ」もしくは「その本は持っているわ」を何十回も聞いていたりする。

「でも、分かりました。探してみますね」

「本当？　助かるわ」

「そもそも、レコット伯爵がお嬢様をお部屋に閉じ込めたりなさるから……」

低い声でミアが呟く。この五日間、ルイゼ以上に父の横暴な振る舞いに怒ってくれたのがミアだった。

「フレッド殿下にも言いたいことは山ほどありますが。リーナ・レコット伯爵令嬢も、少しは羞恥心というものはないのでしょうか」

わざと嫌みたらしくリーナをそう呼ぶミア。

もちろん、普段リーナの前でミアが隙を見せることはない。

今はわざと荒い物言いをして、ルイゼのことを慮《おもんばか》ってくれているのだろう。

「ミア。心配してくれてありがとう」

「私にとっての主はルイゼお嬢様ただおひとりですので」

着替えを終えると、他の侍女が部屋にやって来た。

「ルイゼお嬢様。お手紙が届いています」

「ありがとう。差出人はどなたかしら？」

「えっと、王族の……」

それを聞き、思わずルイゼとミアは無言のまま目線を交わす。

雰囲気が変わったのに驚いたのか、侍女は手紙を差し出したまま固まってしまっている。

「……ごめんなさい、もらうわね」

ぎこちない笑顔ながら手紙を受け取るルイゼ。

確かに封蝋《ふうろう》を見てみれば、赤い蔦《つた》に縁取られた獅子《しし》の横顔が描かれている。

このマークはアルヴェイン王国の国家の紋章であり、王族の家紋でもある。

しかしルイゼが個人的に関わりを持つ王族なんてひとりだけだ。

――フレッド・アルヴェイン。

五日前、大勢の人々の前で婚約破棄を宣言し、ルイゼに恥をかかせた張本人……元婚約者の彼。

手紙に綴《つづ》られているだろう罵詈雑言《ばりぞうごん》を思うと、さすがにルイゼも憂鬱《ゆううつ》になる。

それでも、どうせいつかは読まなくてはならないのだ。それなら早めに読んでしまったほうがいい。

ミアたちが退出したので、ルイゼは抽斗《ひきだし》のペーパーナイフを取ろうとした。

しかし自分でも焦《あせ》っていたのか——握っていた封筒を、手から取りこぼしてしまった。

「……ああ、もう」

絨毯《じゅうたん》の上に落ちたそれを拾おうとして。

ふとルイゼは気がつく。

（………違う）

裏返った封筒の表面に書かれた名。

左上に書かれた差出人の名前は……フレッドのものじゃない。

気がついた瞬間、ルイゼは大きく目を見開いた。

それは、ルイゼにとってひどく懐かしい人物のものだったから。

「……ルキウス殿下」

——ルキウス・アルヴェイン。

そこにはアルヴェイン王国の第一王子である彼の名前が、走り書きで綴られていた。

◇◇◇

初めてルキウスに出逢ったのは、ルイゼが六歳の頃のことだ。

まだ母が健在で、父もルイゼに優しかった頃。

父とリーナと共に、貴族の子どもが招かれる王家主催のお茶会に参加したことがあった。

子どもにとっては社交界デビューの練習というのもあり、社交的なリーナは張り切っていたのだが、ルイゼはといえば億劫《おっくう》だった。

だって本を読むルイゼのことを変わり者だと、おかしいのだと、リーナは毎日のように笑う。

だからいろんな子に出会っても、きっとルイゼの趣味は笑われてしまうだろう。

そう思うと悲しくて、せっかくのお茶会にだってまったく積極的な気持ちになれなかった。

「この方がフレッド殿下だ。ほら挨拶しなさい、ルイゼ」

目の前には、にこにこと笑顔を浮かべた可愛らしい金髪碧眼の少年が立っている。

父に背中を押され、ルイゼは必死に覚えた挨拶の言葉を口にしようとした。

「ルイゼ・レコットといいます。ほ、本日は素敵な会にお招きいただき――」

そのとき後ろから背中をつねられて、ルイゼはびくっと固まった。

そんなルイゼの耳元で、指の力を強めながらリーナがぼそりと呟く。

「ルイゼはあっちに行っててよ。アンタみたいな冴《さ》えないのと姉妹だって王子様に思われたくないから」

「…………分かった」

ルイゼは頷いた。

心配そうにしている父と王子に、申し訳なさそうな笑みを作って頭を下げる。

「ごめんなさい。私、気分が悪いのであちらで休んでいます」

その場を離れたあと、すぐ後ろから楽しそうに話すリーナの声が聞こえてきた。

視線を感じて振り向くと、この国の王子だというフレッドと目が合ったが……それもすぐに逸らされる。

王族の前で気分が悪いなどと言って、きちんと挨拶もできなかったので怒っているのだろうか。

(……帰りたい)

ルイゼは楽しげに話す子どもたちの間を、俯《うつむ》きながらとぼとぼと歩いた。

そのせいか、気がつけば会場からはずいぶんと離れ……人の居ない区画まで来てしまっていた。

「……どこかな、ここ」

父は宮中伯として長年勤めているが、ルイゼ自身は王宮にやって来たのは初めてだ。

見慣れない景色の中でルイゼの不安は増し、足取りも次第に重くなっていった。

それでも元の場所に帰りたいとも思えず、ルイゼは花壇《かだん》のある庭らしき場所でしばらく休むことにした。

柔らかな緑の芝の上を歩き、立派な一本木の幹に背中を預けて身体を丸くする。

あと数時間くらいこうして丸くなっていればお茶会も終わるはずだ。

そうすれば家に帰れる。そんな風に思っていたのだが。

「………ふわぁ」

すぐ近くから、大きな欠伸《あくび》が聞こえてきて……驚きのあまり硬直した。

(えっ?)

キョロキョロと見回してみるが、周囲に人の姿はない。

しかし欠伸の次には、本のページをめくるような音までした。

……すぐ後ろからだ。

ルイゼは息を殺し、スカートに足を引っかけないよう気をつけながらも、一本木の裏側をそぅっと覗き込んだ。

そこにルイゼと同じように木に寄りかかる人が居た。

作り物のように美しい横顔をした少年が。

（……この方は……？）

たぶん、お茶会の会場では見かけなかったと思う。

こんなに目立つ人を見かけていたら、絶対に忘れることはないだろうから。

（……えっと。女の子じゃなく男の人……だよね？）

ルイゼは気づかれていないのを良いことに、じーっと密かに観察を続ける。

肩まで無造作に伸ばされた銀色の髪に、きめ細やかな白い肌。

中性的な魅力を持つ美貌《びぼう》はあまりに精巧《せいこう》で、この世のものではないかのようだ。

だがルイゼには疑問があった。

今日の会に招かれた子息令嬢は、今年六歳を迎えた子どもだけのはずだ。

でも目の前の少年は、どう見繕《みつくろ》っても十五歳は超えているように見える。

誰か、お茶会に参加した子どもの兄なのだろうか？

頭を悩ませていると、その人物がおもむろに振り返った。

そしてその瞬間にルイゼの心臓は止まりかけた。

深い青を宿した灰簾石《タンザナイト》の瞳が、あまりにも綺麗だったから。

「——ご、ごめんなさい」

「…………………」

不躾に見つめていたことを詫《わ》びるも、少年は答えなかった。

冷たい無表情のままルイゼから視線を外し、手にした分厚い本に視線を戻す。

その佇まいだけで分かった。この少年はレコット家よりも上級の、高貴な身分の生まれだろう。

所作の一つを取っても洗練されていて、ただ読書しているだけなのに優雅でさえあったから。

この場を離れたほうがいいと思ったルイゼはすぐに立ち上がった。

しかし、どうしても——少年の読んでいる本の内容が気になってしまった。

(だって、私の周りで読書する人はぜんぜん居ないもの……)

父はよく難しそうな書物を漁っているが、少なくとも同年代の子どもには居ない。

ルイゼは覚悟を決め、少年に話しかけた。

「……あの、私ルイゼといいます。なんの本を読んでいるんですか？」

子どもには分からない。女には分からない。

そう突き放されてしまうだろうか。それとも無視されてしまうだろうか。

でもその人は、本に視線を落としたまま……どうでも良さそうな、淡々《たんたん》とした口調で答えたのだ。

「本というか、魔道具の一覧《リスト》」

「……えっ！」

ルイゼが興味を示したと分かったのだろうか。

少年はこちらをちらりと見てから、小声で付け足した。

「王立図書館で借りられる」

――う、羨《うらや》ましいっ！

魔道具とは、魔石を動力として使用することで一時的あるいは長時間、自動で作動する道具全般のことを指す。

ルイゼの興味は魔力によって発動する魔法そのものに向いているが、もちろん魔道具とて例外ではない。

魔法の研究や解明が進めば魔石への理解が深まり、魔道具だってより進歩していくからだ。両者は切っても切り離せない関係なのである。

だがルイゼの知る限り、町にある図書館や家の書斎、どんな本屋にだってそんな素晴らしい本は置いていない。

気がつけばルイゼは身を乗り出して少年に話しかけていた。

「じゃあ【眠りの指輪】は？」

「……不眠症に役立つ魔道具か。またマイナーなものを」

「じゃあじゃあ、【千里水晶《せんりずいしょう》】は？」

「よく知ってるな。この国じゃ中央教会だけが所有してるレア魔道具だぞ」

嫌がる素振りも見せず、少年はルイゼの問いかけに応じてくれた。

相も変わらず表情には乏しく、億劫そうでもあったが……それでも、突き放さずに。

ルイゼはそれが嬉しくて、目を輝かせては次の質問を繰り出していく。

……そうしている間にいつの間にか。

「南のエ・ラグナ公国では炎の魔石がたくさん採れると聞きますが、炎魔法を付与した魔道具はあまり発表されていませんよね？」

「他系統と比較しても炎や風系統は変化し続ける魔術だからな、魔石に指向性を持たせるのは難しいんだ……。魔術師も付与術師も、あまり魔道具の実験に協力的でない場合が多いし」

「ああ。むしろ魔道具に仕事を奪われるのを嫌がる方も多いと聞きます」

「二流三流であるほどに、な」

「手厳しいです！」

「そうか？　ただの事実だけどな」

その後も数十分にわたって、二人は魔道具談義をしていた。

話題は尽きるはずもない。

魔道具の載った本を読んでいるだけあり、少年は異様なまでに魔道具に詳しかった。

話を聞くのが楽しくて仕方がなくて、ルイゼはこの時間がいつまでも続いてほしいとさえ願った。

そんな風に思っていたから。

少年がいつのまにか本を閉じ、隣に座るルイゼにずっと横目を向けて話していることにも……ルイゼはまったく気がついていなかった。

……それからもひとしきり話し込んで、ふと会話が止むと。

思い出したように少年が首を傾げた。

「……お茶会、だっけ。抜け出してきたのか？」

つい数秒前までの笑顔は、ルイゼの表情から抜け落ちていく。

思わず少年から目を逸らし、ルイゼは小さな声で言った。

「……私、駄目な子で。妹は、そういった華やかな場が得意なんですけれど――私は逃げ出してきたんです」

本当はリーナに追い出されるような形になったのだったが、それは言いわけに過ぎない。

ルイゼは帰りたいと思い、逃げてきたのだ。本来は伯爵家の長女として振る舞うべきなのに、その役目をリーナに任せきりにして。

（……私は、貴族として失格かもしれない）

暗い気持ちに、全身を呑み込まれそうになったとき。

「いいんじゃないか、別に」

「……え？」

「俺も当時、サボったから」

「そう……なんですか？」

「だって面倒で。ひとりで本を読んでいるほうが楽しい」

あまりにもあっさりと少年が言ったので、ルイゼはぽかんとしてしまった。

けれど少年の言葉はそれで終わりではなかった。

「……というか、そんなちっこいのに勉強家で、お前は偉《えら》いよ」

「私が偉い、ですか？」

「ああ、偉い。毎日魔法の勉強をして、難しい本を読んで……そうじゃなければ、そこまで詳しくはならないから」

ぎこちなく伸びてきた手が、ぽんぽん、とルイゼの頭を撫《な》でた。

たったそれだけのことだったのに。

……自然と、目の縁に涙の粒が盛り上がっていた。

そんな風に、誰かに褒められたのは――生まれて初めてのことだったから。

「わ、悪い。痛かったか？」

ルイゼが泣きそうになっているのに気がついた少年が、慌てて手を離す。

目元をハンカチで拭ってから、ルイゼは首を横に振った。

――勇気を出して言ってみよう、と思った。

もっと話がしたい。

もっとあなたと、いろんな魔法や魔道具のことを……他のことだって、たくさん話したい。

そう、言おうとしたのだが――。

「……ごめん。名乗り忘れてたから」

驚いて振り向くと、その手の持ち主である少年自身が目を見開いて驚いている様子だった。

（……え？）

ひんやりとした感触に、どきりとする。

右手を――ぎゅっと、後ろに引っ張られた。

その直後に。

ルイゼは立ち上がり、父の元へと歩き出す。

言葉少なでも、少年が頷いてくれたのが嬉しかった。

「……ああ、俺も」

「今日はお話できて楽しかったです。さようなら」

なんとなくルイゼはそんな気がした。

もう彼には会えない。

そうか、と少年が頷く。ルイゼの気のせいでなければ、なんとなく寂しげな響きに聞こえた。

スカートについた芝を手で払い、ルイゼは精いっぱいの笑顔を作った。

「……父が探しているみたいです。私、戻らないと」

……遠くから父のそんな声が聞こえてきて、ルイゼは口元をぎゅっと引き結んだ。

「ルイゼー？　どこだ？」

「あの、私……」

ぱっと手を離した少年は、取り繕《つくろ》うように口を開いた。

「俺の名前はルキウスだ」

「……ルキウス様」

ルイゼはその名を噛み締めるように呟いた。

「ルキウス様、今日は本当に楽しかったです」

「俺も。……俺も楽しかったよ、ルイゼ」

「……はい」

短い言葉を噛み締めるように交わして。

ぺこりと頭を下げて、ルイゼは再び歩き出した。

それでも名残惜しく、一度振り返ると……ひらり、とルキウスが片手を振っていた。

ルイゼは嬉しくなって、そんなルキウスに控えめに手を振り返した。

六歳のルイゼにとって、その少年は信じられないくらい綺麗で、目映《まばゆ》い人だった。

まさかその人こそが、アルヴェイン王国、王位継承権第一位のルキウス・アルヴェイン殿下であったなんて――ルイゼは帰りの馬車で父に聞かされ、大層驚いたものだった。

◇◇◇

「……ふふ」

あの日のことを思い出すと、今でもルイゼの胸はほんのりと温かくなる。

ルキウスとの出逢いこそが、ルイゼが魔道具研究にのめり込む大きなきっかけとなった。

しかし今、こうしてルキウスから直接手紙が届いた理由はさっぱり分からない。

十年前に出逢って以降、ルキウスとの関わりは一切なかった。家名を名乗らなかったので、ルキウスにはルイゼが誰かも分からなかったはずだ。

そもそもルキウスは、現在はアルヴェイン王国には居ないはずなのだが……。

「……ひとまず、読んでみるしかないわね」

ルイゼは覚悟を決めた。

深呼吸をしてから、手紙の内容に目を通す。

が、手紙に書かれたのはたった一文だけだった。


『近いうちに訪ねる』


「…………え？」

その意味を理解する前に。

ばたばたと、何やら騒々しい足音が階下から近づいていた。

「お、お嬢様。お客人がいらっしゃいました」

ノックも忘れて入室してきたのはミアだ。

いつも冷静な彼女が、明らかに取り乱している。

……ルイゼは予感のままに口にしてみた。

「……ルキウス・アルヴェイン殿下？」

ミアが悲愴《ひそう》な顔つきをする。

長い付き合いなのでルイゼにはすぐ分かる――これは『知っていたならなぜ教えてくれなかったのか』の顔だ。

そしてルイゼが無言で手にしていた手紙を見せると、ミアは悲愴感の中にも納得の表情を浮かべた。

そうなれば彼女の切り替えは早い。

「ルキウス殿下には一階の客室でお待ちいただいています。他の侍女たちも連れて参りますので、今すぐにお着替えしましょう」

「ええ、お願い」

「それにもちろんお化粧と、髪も結わなくてはなりませんから急ぎませんと」

「……十分でどうにかなるかしら？」

ルイゼのおずおずとした問いに、ミアは頼もしく答えた。

「七分で充分です」

第二章

再会

（……さすがミア。支度が六分で済んだわ）

ミアの手際の良さに感心しながら、ルイゼは客間の扉をノックした。

部屋で謹慎《きんしん》しろという父の言いつけを破ったことになるが――今日ばかりは仕方がないだろう。本日の客人はそんなつまらない理由で追い返せる方ではないのだから。

「ルイゼ」

ルイゼが入室すると。

きらびやかな調度品に囲まれながらも、その中で最も光を放つような美しい男性が立ち上がる。

ルイゼは懐かしさのあまり、一瞬だけ呼吸を忘れかけたが……それでも微笑み、彼に向かって深く礼をした。

「ルキウス殿下。お久しゅうございます」

「……ああ。久しぶり」

「こうして十年ぶりにお目通りが叶い、光栄に思います」

ルキウス・アルヴェイン第一王子。

十年前から美少女に見紛うほどの容姿を誇っていたルキウスだが、さらに磨きが掛かった美貌を前にしてルイゼは緊張を隠すことができずにいた。

（……まぶしさのあまり、目がつぶれてしまいそう！）

高い背丈に凛《りん》とした眼差し、それに細身なものの肩幅や体格には以前よりずっと男性らしさが感じられる。

冷たい無表情と素っ気なさは健在のようだが……そんなところも人嫌いの猫のようで、ルイゼには懐かしく感じられた。

ソファに向かい合う形でルイゼとルキウスが座ると、ミアがお茶を運んできてくれた。

その間、どうにか平静を取り戻そうと奮起しつつ、ルイゼは頭の中でルキウスの情報を整理する。

――ルキウス・アルヴェインは〝稀代《きだい》の天才〟と呼ばれている。

国内どころか、世界中でその名を知らぬ者は居ないだろう。

魔法学院卒業後、彼は東の大国と呼ばれるイスクァイ帝国にある魔法大学に進学した。

アルヴェイン王国では魔法の素養を持つ十五歳の少年少女であれば、基本的に魔法学院には無条件で入学することができる。

しかし大学の場合はまったく違う。

入学試験を受ける条件からして、各国の魔法学院在学中に大学教職員から推薦状を得ること、魔法学院での座学・実技の成績がトップクラスであることなどが要求される。

かつ、その入学試験というのが十名にひとり受かるかどうかという難易度なのだ。

そんな大学では実際、何が行われているかといえば……一言でいえばひたすら魔法・魔道具研究に没頭・邁進するために造られた場所だとされている。

アルヴェイン王国の魔法省にも魔道具研究所は存在しているが、実は大抵の魔道具の開発元はイスクァイの魔法大学だというのも周知の事実である。

そして、そんな天才だらけの人外魔境めいた世界でさえルキウス・アルヴェインという人は異彩を放つ。

入学後、たった三年間であっさりと卒業資格を得ながら、その後は院生として研究に明け暮れていたというのだから——本当に、桁違《けたちが》いに優秀な頭脳と才能を持つ方なのだ。

「事前にきちんと連絡もせず、訪ねてすまない」

紅茶を一口だけ口にしたルキウスがそう言ったので、ルイゼは静かに首を横に振った。

女性の身支度にはとにかく時間が掛かる。実際のところ、ルイゼ以外の貴族令嬢だったらキレ散らかしてもおかしくないのだが、ルイゼにそういう思いはなかった。

「いいえ。お手紙もいただきましたし……驚きましたが、嬉しかったです」

「……嬉しいものか？」

「ルキウス殿下にお会いするのは本当に久しぶりですし。大学留学のことはもちろん存じておりましたが、いつお戻りだったのですか？」

ルイゼの言葉に、ルキウスはなぜだかばつが悪そうな顔をした。

「……昨日戻ったばかりだ。気になる噂を耳にしたものだから」

（フレッド殿下との婚約破棄のこと……かしら）

フレッドとルイゼの婚約が決まったのは、あの十年前のお茶会の数日後のことだった。

それから間もなくルキウスは大学入学のためイスクァイ帝国に渡っていたので、ルイゼはフレッドの婚約者としてルキウスに挨拶をしたことは一度もない。

ルキウスとフレッドの関係については分からないが……昨日戻ったばかりで疲れているだろうに

ルイゼを訪ねたということは、やはり彼はルイゼを糾弾するつもりなのかもしれない。

けれど、ルキウスの形の良い唇から放たれたのはまったく別の言葉だった。

「君の妹の——リーナ・レコット伯爵令嬢だったか。彼女が、大学への推薦を蹴ったという話だ」

「……え？」

「それ以上に驚いたのは、教授の誰も君には推薦状を書かなかったこと」

深い灰簾石《タンザナイト》の双眸《そうぼう》がルイゼを見つめる。

ルイゼはその瞳の美しさに呑まれ、呼吸を忘れかけた。

「……君はてっきり、大学に来るものと思っていた」

それきり、ルキウスはどこか拗《す》ねたような表情で黙り込んでしまう。

その言葉の意味が、脳に浸透してくるにつれ——ルイゼは慌てて唇を開いた。

「そんな……畏《おそ》れ多いことです。私程度の人間が、大学だなんて」

「俺はそうは思わなかった。子どもの頃から君はとても賢く、聡明《そうめい》だった」

「私——」

「……何があった？　ルイゼ」

「っ」

ルイゼは息を呑む。

ルキウスは、きっと既に知っているのだ。

ルイゼが最下位で魔法学院を卒業したこと。

妹のリーナと違い、馬鹿で間抜けだと社交界で嗤《わら》われていること。

そして、それを知った上で……今こうしてルイゼを訪ねてきてくれた。

「何があったのか、俺に話してくれないか」

落ちぶれたルイゼの目の前で、あの日と変わらぬ眼差しをしたルキウスが真摯《しんし》な言の葉を投げ掛けてくれる。

だからこそ――何も言うことはできなかった。

(……言えるはずがない)

知ったなら、ルキウスは失望するだろう。

妹の言いなりになり、替え玉などを演じたルイゼのことを。

今も、何者にもなれずに部屋に閉じ込められている自分を。

十年前のあの日……。

彼に憧れて、同じ場所まで追いつきたくて、必死に勉強をしたのに。

(あなたにだけは――知られたくない)

彼の麗しい瞳に蔑みの色が浮かんだらと――想像するだけで喉《のど》が震える。

胸が苦しくなる。そんなルイゼの様子に、ルキウスが僅《わず》かに眉を下げた。

「すまない。無理に話をさせるつもりはないんだ」

「……い、いえ。ルキウス殿下、私こそ……」

「話は変わるが――国に帰ってきて、愚弟が君に迷惑を掛けたと知った。今さら謝って済むようなことではないが……本当にすまなかった」

ルイゼはぎょっとした。

ルキウスが目の前で頭を下げている。ただの伯爵令嬢に、一国の王子がだ。

「それこそ、ルキウス殿下の謝られるようなことではありません！　どうか頭を上げてください」

「しかし……」

「それがフレッド殿下のご意志であったなら、私は構わないと思っていますから」

ルイゼが慌てて言い募ると、ルキウスが頭を上げた。

「――ルイゼ。失礼を承知で訊いてもいいだろうか」

「なんでしょうか？」

「愚弟との婚約に未練はあるか？」

「ありません」

ルイゼはきっぱりと即答した。

今のところ、フレッドとの婚約破棄で残念だったのは王立図書館への出入りの自由を失ったことくらいである。

それも未練と言えば未練かもしれないが、フレッド本人や王族の婚約者という身分への未練はこれっぽっちもない。

「そうか」

ルイゼの答えを聞いたルキウスはどこか安堵《あんど》した様子だ。

……もしかして、とルイゼは気がついた。

今のところルキウスに、ルイゼを責める意図はこれっぽっちも見えない。つまり——、

「殿下はそのことで本日お越しくださったのですか？」

「勘《かん》が良いな。その通りだ」

いよいよここからが本題らしい。ルイゼは背筋を伸ばした。

「この五日間、国王陛下からフレッドがこってりと絞られてな。というのも、婚約破棄というのはアレの独断だったらしい」

「そうだったのですか？」

「陛下本人に直接聞いたから間違いない。……それで、申し訳ないが婚約破棄の同意書に君にもサインしてもらう必要がある。君さえ良ければ俺が同行させてもらいたい」

そういうことか、とルイゼは納得した。

ようやく、ルキウスがわざわざルイゼの元を訪ねた理由が分かった。

実の弟である第二王子・フレッド殿下の尻拭い。

そして、事後処理のために王宮に赴かなければならないルイゼに付き添うため。

（……ルキウス殿下はお優しい方だわ）

十年ぶりに祖国に帰ってきて、多忙を極める身に違いないのに。

それでもルイゼはルキウスの心遣いに感謝した。

この状況で、ひとりで王宮に行くのはさすがに気が滅入る。

ただ、ルイゼには彼に伝えておかなければならない事柄があった。

「殿下のお申し出は非常にありがたいです。ですが父から謹慎の言いつけを受けておりまして、それが解けるまで外出は難しいかもしれません」

「君が謹慎？　なぜ？」

「父によれば、家の名誉を汚したための罰《ばつ》と……」

口にしていて馬鹿らしい理由だが、ルキウス本人が「馬鹿馬鹿しいな」と思いっきり吐き捨てたのでルイゼは小声で「まったくです」と同意した。

口元だけで、ひっそりと微笑んでしまう。

（月日が経っても、こういうところは変わっていない）

思ったことを率直に口にするルキウスの在り方が、ルイゼには好ましく感じられる。

「俺からガーゴインには話をつけておく。その件については心配しなくていい」

溜め息交じりに、ルキウスが父の名を呼んでそう言った。

「いえ、さすがにそれは……ただでさえルキウス殿下にはご迷惑をお掛けしているのに」

「大したことじゃない。だがガーゴインも、君の妹も正直感心しないな」

ルキウスは本気で憤っている様子で続ける。

「この家は——君には狭くて窮屈《きゅうくつ》だ。ルイゼにはもっと広い世界が似合う」

「ルキウス殿下……」

「これはたとえばの話だが、もしも俺とけっ」

ふと。

ものすごく中途半端にルキウスが何かを言いかけて、口を噤《つぐ》んだ。

(おれとけっ……?)

……なんだろう? とルイゼは首を傾げる。

続きが気になって見つめてみれば、黙り込んだルキウスの頬には朱《しゅ》が差している。

ルイゼは心配になってきて問うた。

「ルキウス殿下、お顔が赤いです。もしかして熱があるのでは」

「……なんでもない。なんでもないから気にするな」

「は、はい」

ルキウスは若干ふらつきながら立ち上がった。

「明日の朝、また迎えに来る」

見送りに立ちながら、ルイゼは今さらながら不思議に思う。

十年前のお茶会の日、ルイゼは家名を名乗らなかった。

ルイゼがレコット伯爵家の娘だと、ルキウスは知らなかったはずなのだ。

「あの、ルキウス殿下はいつから私のことをご存じだったのですか?」

「……君のことなら、ずっと前からよく知っていたよ」

(ずっと前?……十年前から、ということかしら?)

それ以上ルキウスは何も言わなかったので、ルイゼはそう納得したのだった。

◇◇◇

イザック・タミニールは、ルキウス・アルヴェインの秘書官である。

イザックの母親は以前、現王妃の女官として勤めていた。

そのときの縁で、誕生日の近いルキウスとイザックは乳兄弟として育ってきたのだ。

ときにより、乳兄弟とは実の兄弟以上の強い絆で結ばれる。

二人の場合もそうだ。イザックはルキウスについていくと幼い頃から決めていた。だから彼に見合うだけの努力をし続けて、専属秘書官としての地位を勝ち取ったのだ。

——とはいっても、この十年間は、イザックさえルキウスの傍に在ることは許されなかった。

というのも魔法大学は特殊な世界で、たとえ王族だろうと奴隷《どれい》だろうと、入学さえすれば誰もが平等に扱われる場所とされており——在学中、ルキウスには護衛のひとりもつけるのが許されなかったためである。

許可されたのは入出国時の送り迎えのみだ。

今回も数日前にルキウスから帰国する旨《むね》の連絡を受け、急遽イザックはイスクァイ帝国へと護衛騎士を引き連れて渡ったのだった。

（いやー、やっぱり違うねぇ。ルキウスが王宮に居ると）

そして今、主が執務室にて書類にペンを走らせる姿を見守りながら……イザックは思わずにんまりと笑う。

銀髪碧眼の見目麗しい第一王子は、今も書類仕事に勤しんでいる。

しかしその姿自体は、イザックにとっては見慣れたものである。

ルキウスが十五歳のときに開発した魔道具――【通信鏡《つうしんきょう》】。

それは遠方と遠方との景色と音声をつなぐ画期的な魔道具だ。

ルキウスは大学に通いながらも【通信鏡】を使ってイザックたち配下と連絡を取り、第一王子としての政務をこなしてきたのである。

次期王位に最も近い尊き立場でありながら、隣国への長期に亘る留学を許されたのもそのためだ。

【通信鏡】の使用については大学からも許可されているというが……イザックは一度、不思議に思いルキウスに訊いてみたことがある。

『それってさ。大学的にはアウトなんじゃねぇの？　大学内部から外部への通信を許したら、大学の機密とか【通信鏡】を通していろいろ漏れちゃいそうじゃん』

『……無論、情報漏洩への対策は熱心に施されている。俺も認めるレベルの抜け目ない対策がな』

そんな風にルキウスは苦笑していた。

イザックの予想では、おそらく学生全員の頭か身体か精神にでも、何か仕掛けが施されているのではないかと思うが……触れないほうが良い案件だろう、とそれ以上は追究しないことにした。

世の中には知らないままでいたほうが良いこともあるのだ。たぶん。

「イザック。終わったぞ」

書類の山をアッサリと処理してみせたルキウスに、「了解です」とイザックは応じる。

ルキウスの人離れした優秀さは、イザックにとって今さら驚くべきことではない。だが何より誇りでもある。

イザックにとって仕えるべきは国王でも王妃でもなく、ましてあの阿呆《あほう》っぽい第二王子でもない。

ルキウスただひとりが、主たりえる人物なのだ。

「ふぅ……」

さすがに帰国したばかりで疲れもあるのか、目頭を揉んでいるルキウス。

だが無論、ここで帰してやるほど行儀の良いイザックではない。

「それで、愛しのルイゼ嬢のご様子はどうだったんですか？」

途端、自分を睨みつけてくるブリザードのごとき瞳にイザックは背筋がゾワリとした。

（うお、怒ってる怒ってる）

だがイザックも引かない。笑顔のままルキウスと向かい合う。

この十年間、ルキウスは誰に何と言われようと一度たりとも帰国しなかった。

そんな男が、ひとりの令嬢が大学に来なかった――ただそれだけの理由で大学院を修了して帰国するのだと密かに告げてきたときは、イザックは驚きのあまり転倒しかけた。

それだけでも大事なのだが、それで終わりではない。

ルキウスは昨夜、アルヴェイン王国入りすると同時に早馬で手紙を出していた。

そして昨夜から今日の午前にかけて、王族や大臣たちへの挨拶を早急に済ませると午後にはとある伯爵家へと向かっていた。

これはもはや大事件である。

（昔っから浮いた話がひとつもないヤツだったが、まさか既に恋い焦がれる少女が居たとは）

その凍《い》てついたような無表情と冷たい物言いから、まるで氷のようだなどと称されるルキウスだが。

そんな男がご執心らしい令嬢が居る、なんて知った以上は、面白すぎて――もとい兄貴分として心配で、イザックは探らずにいられないのだった。

「イザック。何度も言っているが、ルイゼと俺は友人同士だ」

「へいへい。それで今日会ったんでしょ？　どうだったんですか？」

ワクワクしながらイザックが訊くと、ルキウスは腕組みをしつつ淡々と応じた。

「相も変わらず……いや、思った以上に成長して、綺麗になっていた」

「そうっすかー。綺麗にね」

「知的な紫水晶《アメジスト》の瞳も変わらないな。……おい、その笑いをやめろ。不快だ」

「悪い、悪い」

（思った以上にベタ惚れじゃねぇか！）

未だかつて、ルキウスが他人を「綺麗」だとか「知的」だとか表現したことがあったろうか？

……いや、ない。長い付き合いだが、イザックはそんなの聞いたことがなかった。

喜びと興奮と、それとムズ痒さを感じてイザックは顔のニヤニヤを抑えるのに必死である。

そんなイザック相手に、ルキウスが平静な口調で問う。

「……イザック。お前はルイゼと話したことはあるか？」

「遠目に見かけたことはありますけどね。さすがに直接話したことはないですよ」

伯爵家の令嬢、ルイゼ・レコット。

ルイゼは、ルキウスの実の弟であるフレッドの元婚約者だ。

十年前、お茶会にて出会ったルイゼ嬢にフレッドが一目惚れし、婚約を申し込んだというのは国民の間でも有名な話である。

そんなルイゼに、ルキウスは一体どこで知り合ったのか。

留学よりは前――つまり十年以上前なのは間違いないが、ルキウスは詳しく教えてくれなかった。

(コイツも横恋慕《よこれんぼ》することとなんてあるんだな。……いや、時期からすると逆か。弟より先に好きだった……ってことか？)

そのほうがあり得るかもな、なんて思うイザック。

何せフレッドは、第二王子とは名ばかりのお馬鹿な王子なのだ。

優秀なルキウスへの劣等感だらけで、どうやってルキウスの鼻を明かしてやろうか、邪魔をしてやろうか、そうやってできもしないことを延々と考えては失敗ばかりしていた少年。

ルキウスがルイゼを気に掛けていると知ったフレッドが、いち早くルイゼに婚約を申し込んだのだろうか。

(今となっては、どうでもいいことか)

五日前にルイゼはフレッドに婚約破棄を宣告されている。

イザックとしては主の恋の障害が少なくなったことに安堵を覚えていた。

だが、ルキウスはどうやらそれで浮かれているわけでもないらしい。

「お前から見てルイゼ・レコットはどんな人間だ？」

「難しい質問ですねぇ……」

うーん、と唸るイザック。

「妹のリーナ・レコットの話はよく耳にするんですよ。才女だとか、淑女の中の淑女だとか。でも姉のほうは……」

「悪い噂ばかり、か？」

「……まぁ、そうです。無能とか間抜けとか、明け透けにね」

非常に言いにくかったが、素直に白状する。

でも、とイザックは頬を掻きながら付け足した。

「オレはまぁ、何度か王宮ですれ違ったくらいですが。正直言うとそんな風には見えませんでしたけどね」

「ほう？」

「背筋がしっかり伸びてる、っつーのかな。礼儀作法もちゃんとしてて、嫌みがない。ああいう風に振る舞える女性は、少なくとも無能ではないなと」

ルキウスの思い人と分かったから、というわけではない。

イザックは前々からそう感じていた。世間の噂の適当さ加減に呆れる程度には。

「そうか。……リーナ・レコットというのは、フレッドの新たな婚約者だったな」

「ええ。五日前のフォル公爵家の夜会で、フレッド殿下は姉に婚約破棄を告げた次の瞬間には妹との婚約を宣言していた、と。王都ではかなり話題になっていますね」

しばらく、ルキウスは顎《あご》に手を当てて考え込んでいる様子だった。

「イザック。ルイゼについて……というよりレコット家について調べてくれるか？」

「それは構いませんけどね。何かきな臭いと？」

「まだ確証はないが、どうも気になる」

「了解です」

イザックは退室しかけたが、その途中で振り返った。

「……ルカ。妙なこと聞いていいか？」

殿下、ではなく。幼い頃そうしていたようにルキウスを呼ぶ。

「なんだ」とルキウスが応じると同時に、イザックは訊いた。

「今日、そのルイゼ・レコット伯爵令嬢とは何を話したんだ？」

「何って、大したことじゃないが」

それからなんでもないようにルキウスは続けた。

「もしも俺と結婚すれば、君の世界はもっと広がるかもしれない、と」

……………しばし、室内には長い沈黙が降りた。

「……それ、ほとんど求婚じゃんか」

「全く違う。俺とルイゼはただの友人同士だぞ」

憮然《ぶぜん》とした面持ちでルキウスが言い返してくる。

「でもあのときは、そんな提案がフッと浮かんで……ルイゼに失礼だと思って、途中で口の動きを停止したがな」

なぜだろうな、とか言いながら窓の外に視線をやるルキウス。

(………………これで無自覚なのコイツッ⁉)

イザックは戦慄《わなな》いた。

ルキウスが王族でなければ、たぶんその形の良い頭を小突いていたと思う。容赦なく。何回か。

(――もし自分と結婚したらなんて仮定が飛び出す時点で、単なる友情なわけないだろ)

言ってやりたい。

ものすごく言ってやりたいけど。

「……早く明日が来ないものか」

ボソッと呟いて景色を眺める横顔の、口元が小さく緩んでいるのを確認して、

(……うん、純真《ピュア》すぎて言えねえな！)

できる専属秘書官――イザック・タミニールは潔く諦めたのだった。

◇◇◇

ルイゼが婚約破棄され王宮を追い出された、その五日後のことである。

リーナは王宮にある貴賓室にて、優雅にティータイムを楽しんでいた。

本来であれば、フレッドの新たな婚約者であるリーナにはすぐに王宮に部屋が用意されるはずだった。

しかし双子の姉であるルイゼが使っていた部屋を、そのまま使い回すという説明をフレッドの側近から受け――リーナは当然、烈火《れっか》のごとく怒った。

（このわたくしに、姉《ルイゼ》のお古の部屋を使えだなんて……まったく、失礼にも程があるわ）

その甲斐《かい》あって、ルイゼの使っていた部屋は一度取り潰され、壁も取り壊して広々と改築される予定である。

フレッドにはもちろん、その礼儀知らずの側近を厳罰に処《しょ》すように伝えてあった。

リーナはガチャンと音を鳴らし、ティーカップをソーサーへと投げ出すように置いた。

周りの王宮侍女たちが一斉に眉をひそめるが……それには全く気がつかず、リーナはふわぁと欠伸をした。

（それにしても暇だわ……フレッド様はまだ国王様からの説教を受けているのかしら？）

フレッドは、あの夜会での婚約破棄のことを国王と王妃から延々と問い詰められているらしい。

国王たちが言うには、フレッドのやり方は体裁が悪かったそうだ。

もともとは、フレッドとルイゼの二人が六歳の頃にフレッドが熱烈に婚約を申し込んだという過去があったこと。

夜会という衆人環視の場所で婚約破棄を一方的に宣告し、ルイゼを陥れたこと。

そのルイゼに同意書を書かせていなかったのも大きな問題だったそうで、フレッドはずっとお叱りを受けているのだ。

リーナは体調不良を理由にその場には同席していないが、二日前に顔を合わせたときのフレッドはずいぶんと参っている様子だった。

（ま、わたくしがフレッド様を焚《た》きつけたんだけどね？）

あの夜のことを思い出すとおかしくて、リーナはクスクスと音を立てて笑った。

『ルイゼ・レコット！　僕はお前との婚約を破棄する！』

脳裏に思い浮かぶのは、十年来の婚約者に婚約破棄を告げられたルイゼの姿。

周りの貴族たちと同じように、リーナも思いっきりあの場でルイゼを嗤ってやりたかった。

夢にまで見た瞬間。

なんにも持たないルイゼから、〝王族の婚約者〟という唯一の立派な肩書きまで奪った瞬間――。

リーナは、心の底から思ったのだ。

（ああ、本当に……お姉様って、惨めで不様で、お可哀想な方だわぁ）

リーナがフレッドに近づいたのは、魔法学院に入学して数ヶ月が経った頃のことだった。

その日のフレッドは、自身の婚約者であるルイゼの成績不良を責め立てていた。

授業を欠席しがちで、ほとんどの試験に出ていないルイゼは、その頃には学院の教師に何度も呼び出され苦言を呈されていたのだ。

それを知ったフレッドがルイゼのクラスに乗り込み、彼女を怒鳴りつけたのだ。

しかも教室の真ん中で。他のクラスメイトがいるまっただ中である。

さすがのルイゼもフレッドの行為には耐えがたいものがあったようで、静かに肩が震えていた。

そうしてリーナは、俯きがちにルイゼが去ったあと――颯爽《さっそう》とフレッドの前に飛び出した。

『君は……、ルイゼ……?』

『いいえ、違いますわ。わたくしはリーナ・レコット。ルイゼの双子の妹です』

お久しぶりです、と頭を下げたリーナのことを、確かにフレッドは覚えていた。

そのあと、リーナはフレッドといろんな話をした。

主な話題は、姉のルイゼがどれほどできの悪い人間であり、妹のリーナがどれほどできの良い人間かということである。

フレッドは、リーナのあまりの愛らしさと優秀さに心打たれたようだった。

そしてリーナがある日、『王子の婚約者に選んで貰えなくて悲しい』というようなことを涙ながらに語ったら、慌てて『ここだけの話なんだが』と打ち明けてきたのだ。

『僕がルイゼなんかに婚約を申し込んだのは、僕の兄が、ルイゼのことを気に入っていたからなんだ。横から奪ってやれば、兄に一泡吹かせられると思ってな』

『……まぁ！　そうだったんですね！』

『でも今思えば、失敗だったな。兄は僕とルイゼの婚約にはまったく興味を示さないで、大学に行ったし……最初からリーナを選んでいれば良かった』

『フレッド様……それなら今からでも、遅くはないと思いますわ』

それからは全て、リーナの思惑通りだった。

フレッドはますますルイゼを嫌い、リーナはルイゼの悪い噂を流して評判を落とし続け、そして――五日前の婚約破棄へと至ったのである。

（それにしても、王宮って意外と退屈な場所なのね。毎日華やかなパーティーでも開かれると思っていたのに）

なんて風に考えていたら。

廊下からドタドタと騒がしい足音がして……部屋に飛び込んできたのはフレッド本人だった。

「リーナ、話が違うぞ」

息を乱した彼に開口一番そんな風に問い詰められ、リーナは目をぱちくりとする。

「どういうことです？」

「お前は、もう兄上はルイゼなんかに興味はないって言ったよな？」

（兄上って――――ああ、ルキウス・アルヴェインのこと？）

第二王子フレッドの兄であるルキウス。彼はもう十年も前から隣国に留学している。

類い稀な美貌と頭脳の持ち主であることから、この王都でも彼が描かれた絵画や版画がよく出回り、庶民の間では人気の的だという。

確かに、フレッドにルイゼとの婚約破棄を迫った際に、ルキウスの名前を適当に使った覚えはある。

優秀なルキウスと比べ続けられたことでフレッドの劣等感は凄まじく育っていたので、利用しない手はなかったのだ。

「はぁ。言ったと思いますが、それが何か?」

悪びれずに小首を傾げるリーナ。

フレッドは苛々を隠さずに言い募る。

「お前がそう言ったから、ルイゼとの婚約を破棄したのに……十年も帰ってこなかった兄上が昨夜、昨夜だぞ。僕がルイゼと婚約破棄した途端に帰国したんだ!」

「だからなんです?」

あまりにも淡々と言い返され、あんぐりと口を開くフレッド。

それに構わず、紅茶の中に角砂糖をひとつ溶かして、リーナはそれをのんびりと一口飲む。

喉がなまぬるく湿ったところで、口を開き直した。

「お言葉ですが、フレッド様。仮に、姉のようになんの才能もないみすぼらしい女に入れ込んだところで、ルキウス様にはなんの得もありませんわ」

「そ、それは確かにそうかもしれないが……」

「しかもフレッド様に捨てられた、使い古された女なんですよ? そんな女に構っている時点でルキウス様は国王様や貴族たちからも嘲られますわ。……それに」

さらに胸を張って続けるリーナ。

「このわたくしを妻にする時点で、フレッド様の王位は約束されたも同然ではありませんか」

だって、とリーナは思う。

(わたくしはいつも、何もしていないのに)

ただベッドで転がったり、うたた寝をしているだけなのに。

(姉に向かって、たった一言のお願いをしただけなのに)

それなのに、次の日に学舎に登校すれば周りからはチヤホヤされた。

『リーナ様は本当に素晴らしいお方だわ』

『昨日の実技試験も凄まじかったな。あんな風に自在に魔法を使いこなすなんて』

『噂に名高いルキウス殿下に匹敵していらっしゃるかもしれません』

父もお前は優秀だ、お前だけが頼りだとリーナを褒める。

そんな風に周囲から褒めそやされ、讃えられ……そんな生活を続ける中、リーナは思ったのだ。

というより、気づいてしまったのだ。

——ああ、わたくしって天才なんだわ、と。

本当に、なんの努力もしていないのに、勝手に成績が伸びては尊敬される。

愛らしい、美しい、賢い、淑女の中の淑女だ、そんな言葉はとうに聞き飽きたほどだ。

「……そうだな、リーナの言う通りだ。僕は何を不安がっていたのだろう」

美しいリーナの微笑みに、分かりやすく頬を染めるフレッド。

リーナはそんなフレッドに近づくと、そっとその手を取った。

そんな仕草も愛らしくて堪らない様子で、フレッドが鼻の下を伸ばしている。

「これからも頼むよ、リーナ。いずれ王となる僕の傍で――王妃として、僕を支えてくれ」

「ええ。もちろんですわ、フレッド様！」

リーナ・レコットは考える。

国なんてどうでもいいし、国母なんてものにはなんの興味もないが。

自分以外の人間がすべて跪《ひざまず》いて、見上げることも畏れ多いと震えるような世界なら……とっても素敵だと思う。

その中に、自分と同じ顔の女が交ざっていたならますます最高だ――とも。

（……………それにしても、ルキウスねぇ）

第一王子がルイゼのために帰国した。

確か先ほど、フレッドはそんなことを口走ったはずだ。

（フレッド様もお馬鹿よねぇ。ルイゼを好き好む男なんて居るわけがないのに）

ちょうどその頃、ルキウスがルイゼの元を訪ねていることなどつゆ知らず。

心の中で姉を嘲笑いながら、リーナはフレッドに艶やかに微笑みかけるのだった。

◇◇◇

王宮の片隅にある小さな会議室にて。

ルイゼは婚約破棄の同意書にサインを記入しているところだった。

（婚約するときは確か、王宮内の教会に大司教を呼んで、フレッド殿下とサインをしたけれど……破棄するときは簡単なのね）

今のルイゼを見守るのは、目の前に立つ神官と部屋の隅に立つルキウスの二人だけである。

昨夜、仕事から戻った父に外出許可を願い出た際は、意外なことに何も言われなかった。言っていた通りルキウスが手を打ってくれたのだろう。

今も彼は、ルイゼがサインを済ませるのを静かに待っていてくれる。

サインを終えると年配の神官が内容を確認し、それから恭《うやうや》しく頭を垂れた。

その口からはお決まりの文句が流暢《りゅうちょう》に流れ出る。

「レコット伯爵令嬢、どうか気を落とされませんように。赤き薦より彼方にて、貴女の人生が明るい旅路へと至ることを祈ります」

「ありがとうございます」

こうして呆気なく、ルイゼとフレッドの婚約破棄は成立したのだった。

宮殿を出ると、ルイゼはようやく一息つくことができた。

自分でも不思議なほど、悲しさや悔しさはない。面倒なことが片付いたという達成感だけを感じていた。

そしてそれは――間違いなく、隣に居る彼のおかげだ。

「ルキウス殿下、ありがとうございます。ご多用の中、私に付き添ってくださって」

ルイゼは隣を歩く彼に、丁寧に頭を下げた。

陽光の下でも光り輝くほどの美貌の王子、ルキウス・アルヴェインは「気にするな」と首を横に振る。

「それよりも。……王宮の君の部屋のことだが、すまなかった」

「お気になさらないでください。仕方のないことですから」

「……そうか」

フレッドの婚約者としてルイゼが使用していた部屋は数日前に取り壊されたそうだ。

ルキウスによれば、リーナ専用により広々とした豪奢な部屋に改築されるためで――その際に、ルイゼの私物は全て廃棄されたということも。

数十冊もの本が捨てられてしまったのはショックだったが、今さら文句を言ってもどうしようもない。

(やはり早急に、新しい本を探しに行きたいわ！)

ミアにもお願いしたが、謹慎が解けたので自ら街に本探しに行くことができるのだ。

そんなことを思い拳《こぶし》を握っていたときだった。

「ルイゼ。この後、時間はあるか？」

ルキウスから、そんな問い掛けがあったのは。

◇◇◇

連れて行きたい場所がある。

そう告げたルキウスについていくと、辿り着いたのは王宮敷地内にある王立図書館だった。

この図書館は、あらゆる知識の宝物庫と呼ばれる場所である。

街の本屋や図書館では見かけることもないような稀少価値の高い本や珍しい本でも、この図書館には収蔵されているのだ。

（こんなに早く、またここに来られるなんて～！）

ルイゼはすっかり感激していた。

何せ王族の婚約者という立場を失ったルイゼは、今までのように思い立ったら図書館に――という振る舞いは許されないから。

しかしルキウスが許可を取ってくれたおかげで、今日は事前申請なしでもルイゼの入館が許されるそうだ。

入館してすぐ、ルイゼは受付に立っている顔見知りの職員に一言謝っておく。

「すみません。返却する本、また今度持ってきますね」

するとそれを聞いた後ろのルキウスが、どことなく楽しげな様子で口を開いた。

「ルイゼもここに通っていたか」

「もちろんです！　だって十年前に、ルキウス殿下と読んだ本は――」

あの魔道具の本は、王立図書館の本だとあなたが言ったから。

たから。


だからルキウス本人は居ないと分かっていても、足繁《あししげ》く通った。

王子妃教育や勉強の合間に時間を作っては図書館に向かって、そこでたくさんの本を読んだ。

彼はこの本を読んだだろうか。読んだならどんな風に思っただろう。

そんなことを考えて、読書をして、知識を身につけて……それが日々の糧で、唯一の楽しみだっ

たから。

——と呑気に口走ろうとして、ルイゼははっと口を噤んだ。

(……こんなことを本人を前にお伝えするのって、わりと恥ずかしいんじゃないかしら)

「俺が？　なに？」

ルイゼの言葉の続きを察してなのか、そう急かすルキウスの口元が気のせいでなければ……ほんのちょっとばかり、緩んでいるような。

ルイゼはごにょごにょと口ごもった。

「え、ええっと……その、たくさん珍しい本があって勉強になるので」

「俺と読んだ本、って言わなかった？」

「い、言ってません」

「ふぅん。そうか」

(お、面白がられている……！)

実際は、ルキウスの表情は隠そうとしても溢れ出る喜びに彩られていたのだったが、動揺するル

イゼにそれに気がつく余裕はなかった。

「それじゃあルイゼ。地下に行こう」

（……地下？）

この図書館に、地下室があるという話は聞いたことがないが。

きょとんとするルイゼにルキウスは目配せすると、颯爽と図書館の中を歩き出した。

彼が立ち止まったのは壁際の、あらゆる国の歴史書が収められた本棚の前だった。

ルキウスはその本棚の四段目の、右から三冊目と四冊目の分厚い古書を慣れた手つきで抜き取る。

本がどかされると、壁の中にほんの小さな茶色い凹《へこ》みがあるのがルイゼにも見て取れた。

そこでルキウスがルイゼを振り返った。

「この凹みを強く押してみてくれ」

「えっと、こう……ですか？」

言われた通りにとりあえず右手全体で凹みを押してみる。

すると、すぐに変化が起きた。

本棚が置かれた手前の床板が、ガコンッと音を立てて外れたのだ。

びっくりして目を見開くルイゼの前で、ルキウスが屈んで床板を取り外す。

その下に――暗く澱《よど》んだ空間が出現していた。

「……こんなところに隠し階段があったのですね」

驚きで口元を覆うルイゼに、ルキウスがどこか弾んだ口調で言う。

「驚くのはまだ早い。ついてきてくれ」

「！」

そこで硬直するルイゼ。

というのも唐突《とうとつ》に、ルキウスに手を握られたので。

（手。……ルキウス殿下に、手を！）

男の人の力強い腕だ。

初めて握ったというのに懐かしさを感じたのは、たぶんルイゼがとんでもなく混乱しているからだろう。

「ルイゼ？」

ぎこちなく固まるルイゼに、不審そうに呼び掛けるルキウス。

ルキウスの瞳には一切の下心は窺《うかが》えない。暗い地下が危険だから手を貸してくれた、それだけのようだ。

「な、なんでもありません」

なんだか自分だけが意識しているようで恥ずかしい。

狼狽《うろた》えながらもルイゼは、ルキウスの手をぎゅっと握り返したのだった。

ルキウスに手を引かれ、ルイゼは地下に至る階段をゆっくりと下りだした。

片手でスカートの裾を上げているので、ルイゼの歩く速度はかなり遅い。

しかし一歩を進むごとにルキウスは立ち止まり、ルイゼのことを待ってくれる。

だから、見知らぬ闇の中にあってさえルイゼにはなんの不安もなかった。

「あともう少しだ」

――下り始めて、数分が経っただろうか。

そんなルキウスの言葉と共に、次第に階下にはポツポツと、小さな灯りが見えてきた。

その輝きには見覚えがある。

「【光の洋燈《ランプ》】ですね」

「ああ。古い型式で、光量は弱いが」

光の魔石を動力源にしたランプ。魔道具のひとつで、現在では一般家庭にも普及している。

ようやく地面……らしき感触に足先が辿り着くと、ルイゼはほぅと一息吐いた。

乾いた土の臭いがする中、魔道具の光に照らされて、薄闇の中にはぼんやりと鉄製の扉が浮かび上がっている。

細かな模様のようなものが刻まれているようだが、なんせ暗いのでよくは見えない。

(この先に、地下室があるのかしら？……それにしても)

扉の先の空間に面積を取られているのか、ルキウスとルイゼの立つ場所にはほとんどスペースがなく、二人の肩は自然と触れ合う形となる。

(少し緊張する……いいえ、自意識過剰と分かっているけれど)

身体を心持ち固くするルイゼには気づかず、ルキウスが目の前の扉の表面を片手で強く押す。

するとギギギ……と重い音を立てながらも、アッサリと扉が開いていったのでルイゼは目を丸くした。

目を凝らして観察すると、扉には鍵穴がなかった。

「鍵はないのですか？」

「ああ。必要ないからな」

必要ないとはどういう意味だろう、とルイゼは内心首を傾げる。

この王立図書館に収められた本はどれも貴重なものばかりだ。

しかもそれが隠された地下室ともなれば、地上のものよりさらに価値ある書物が多いような気がするが……。

――そして、そのときだった。

ルキウスが、ずっと繋いだままだった手を離した。

「あ……」

小さく、ルイゼの唇から吐息が漏れる。

しかしルキウスは気にせず、扉の先へと入っていく。

優しい彼に、急に突き放されてしまったような気がして――ルイゼはその場に佇《たたず》んだまま呆然としてしまった。

だが、そうではなかった。

「ルイゼ」

振り返ったルキウスが、当たり前のようにルイゼを呼ぶ。

「おいで、ルイゼ」

恋人の名のように、甘やかに。

伸ばした腕をルイゼが掴むのを心待ちにしているような顔で、ルキウスはルイゼを呼んだ。

「……っ」

それだけで、なんだか堪らない気持ちになって。

「はい、ルキウス殿下」

ルイゼはそう応じて、扉の先に一歩を踏み出す。

ルキウスの手を、大切に掴む。すると彼は口元を綻《ほころ》ばせて握り返してくれた。

ルキウスに導かれるように、扉の先に辿り着いて。

そして――、ルイゼはしばしその光景に見惚《みほ》れた。

吹き抜けの天井に取りつけられた【光の洋燈】が照らし出す、青みがかった幻想的な光が灯る中。

その部屋の中に待ち構えていたものは、当然だが〝本〟だ。

本棚の数でいえば、地上のものよりずっと少ない。

けれどひしめき合うように並んだ古びた本の背表紙には……見たこともない言葉がいくらでも躍っているのだ。

(これ――ぜんぶ魔導書、だわ。しかも禁書登録されたものばかり。ここにある本全てが!)

魔導書。

ごく一般的に売られているものもあるが、その中には国に害をもたらすと、禁書に指定され焼き払われたものもあるのだ。

（本当にすごい。夢のようだわ……）

今まで触れることはできなかった、禁断とされる本たちが目の前に聳え立っているなんて。

古びた本の香りを、鼻腔《びこう》いっぱいに吸い上げて……ルイゼは感激のあまり目を潤ませた。

「……やはりな」

そこでボソリと、ルキウスが呟いたのでルイゼは振り返った。

なぜかルキウスは、嬉しそうに口元を緩めている。

「君ならここに入れると思ったよ、ルイゼ」

「それは……どういう意味ですか？」

「この隠し部屋自体が、魔道具なんだ」

しばし、ルイゼはその言葉の意味を正しく理解できなかった。

「知識の欲――それがない者は、何人たりともこの禁書庫に入ることはできない」

続くルキウスの言葉で、気がつく。

「失われた文明《ロストテクノロジー》……」

答えに辿《たど》り着いたルイゼに、ルキウスが満足げに頷く。

失われた文明《ロストテクノロジー》。

現代とは異なる、古代魔法と呼ばれる魔法があったとされる古き時代に造られた魔道具や建造物の総称である。

つまりルキウスは、この禁書庫そのものが魔道具であると言ったのだ。

（知識欲がなければ、入ることさえできない部屋なんて！）

ルイゼは衝撃のあまり息を呑む。

一体どんな仕組みで、そのような凄まじい魔道具を古代の人々は造り上げたのだろう。

考え出すと、思わず笑ってしまう。あまりにも難解なパズルに挑戦しているような気分で。

そんなルイゼに、ルキウスが内緒話をするようにささやいた。

「俺はこの場所を〝小さな大学〟と呼んでいる」

「小さな大学……」

ルイゼは綻せた顔の前で手を合わせた。

「でしたら私も、これで大学に入学できたということになるのでしょうか」

「ああ、そうなる。ルイゼは今年の入学生だ」

冗談のつもりだったのに、真剣な表情でルキウスが頷いてくれる。

「しかも期待の一年生だ。超難関とされる入学試験を満点で合格したため、学長に教授、生徒たちからも注目の的となっている」

「もう、それはルキウス殿下のことじゃないですか。からかわないでください」

「ははっ」

（――笑った！）

無邪気な表情と笑い声に、思わずルイゼはどきりとする。

（……なんだか、こどもみたい）

十も年上の男の人に、そんなことを思うのは失礼かもしれないけれど。

思わずジッとルイゼが見つめると、ルキウスはすぐに無表情を取り繕《つくろ》ってしまったが……彼が一瞬見せた柔らかな笑顔は、ルイゼの脳裏に見事に焼きついたようだった。

「それじゃあ、本を読もう」

「いいのですか？」

「もちろん。そのつもりで君をここに連れてきた」

ルキウスの言葉にルイゼは目を輝かせ、悩みに悩んだ末に、気になる本をまずは一冊読むことにした。

ルキウスもまた、本棚を一通り眺めてから三冊ほどを手に取る。

二人は部屋の中央に置かれたテーブルについた。

定期的に掃除されているのか、テーブルにも椅子にもまったく汚れの跡はない。

向かい合う形で座ったので、すぐ目の前にルキウスの端正《たんせい》な顔立ちがある。

見慣れることなどできない美貌がすぐ目の前にあって、本当だったら緊張するはずなのに――それでもルイゼはルキウスと共に在るこの場所が、どんなカフェよりも落ち着く気がした。

「ルキウス殿下。気になる項目があったら、話し掛けてもいいですか？」

「ああ、いつでも。俺もそうするつもりだから」

よし、とテーブルの下でルイゼは密かに拳を握る。

それならば、まさにここは正真正銘《しょうしんしょうめい》の大学なのだと思う。

（むしろ最強の卒業生にすぐ質問ができるなんて、大学より恵まれているかも！）

ルイゼはさっそく手にした魔導書を開いてみる。

（――これ、暗黒魔法についての解説書だわ）

禁術指定されている魔法としては、暗黒魔法は最も有名なもののひとつだろう。

それは人の心を惑わせたり、洗脳したり狂わせたりする魔法だとされている。

数百年前に禁書とされたものの多くは、闇魔法の深淵に位置する暗黒魔法の解説が載せられたものだというのは有名な話だ。

実際のところ魔導書の多くは単なる解説書であるから、それを読めば特定の魔法が使えるようになるわけではない。

それでも人というのは、自分に理解できないものを恐れるものなのだ。

……そして無言で目を通していると、ふと気になる記述を発見して。

「あの、ルキウス殿下――」

さっそく訊いてみようとしたところで、彼がこちらを注視していることに気がつく。

「殿下……？」

ルイゼが首を傾げると、手元の魔導書を開いたままこちらをぼうっと眺めていた彼は……ハッと目を見開いた。

「……すまない。君に見惚れていた」

「！」

直接的な物言いにルイゼが頬を赤くすると、ルキウスは眉を下げて視線を逸らす。

「十年前もそうだった。興味のあることに向かっているときの君は、とても輝いて見えて……気がつくと、目が離せなくなってしまうというか」

（ど、……どんな反応を返したらいいの⁉）

もはや試されているのでは、とすら思ってしまう。

「それで、どうした。どこか分からないところでもあったか？」

「は、はい。ここなんですが」

ルイゼはなんとか呼吸を整えようと努力しつつ、向かい合うルキウスに見えやすいように魔導書の向きを変えようとした。

「どこ？」

しかし、そう言いながらルキウスは立ち上がり、ルイゼの隣の席に座り直してしまった。

先ほどよりさらに近くに彼の気配があって――

（懐かしい）

胸に染み渡るほどの哀愁の念に、ルイゼは言葉を失う。

（……ルキウス殿下と出逢った、あの日みたい）

魔道具の一覧《リスト》をルキウスが見せてくれて。

幼いルイゼははしゃいで、知っている魔道具の名前を次々と列挙した。

子どもだからこそ、そして彼の立場を知らなかったからこそ、屈託なく身を寄せて、延々と話をできていた頃のようだと――。

ひどく懐かしく思うのに、ルキウスの態度はあの頃とほとんど変わらなくて。

固まったままのルイゼの指の先の文字を追ったルキウスは「ああ」と頷いた。

そこに書かれているのは、暗黒魔法の呪文についてだ。

「『マニピュレイト』……暗黒魔法について、確認されている詠唱はこれだけだ。他は一切不明だな」

ルイゼは気を取り直し、口を開く。

「珍しいですね。他の魔法系統であれば、少なくとも三十種以上は存在していますが」

「君が疑問に思うのも無理はない。当時……と言っても王国建国の際だから数百年以上前だが、そのとき暗黒魔法の使い手はひとりとして生かして捕らえられなかったらしい」

つまり、それ以上は追及しようにもその対象が居なかったということだ。

（心を惑わすのも、狂わすのも、洗脳するのも……それぞれ、違う魔法効果のような気がするけれど）

本来であれば、それほどまでに強力な精神干渉を可能とする魔法が実在したのなら、研究し、今後の対策を練る必要だってあったはずだ。

しかしそれができなかったのは、使い手が亡くなってしまったから。

（そして闇の魔術師に協力を要請しようにも、彼らが次の脅威になってしまうから、できなかった……）

だからこそ、致し方なく禁術に指定され焼き払われた。真相はそういうことなのだろうか。

「——暗黒魔法を魔道具として再現できないかと、何度か考えたこともあるんだが」

自分の考えていたことを言い当てられた気がして、ルイゼはギクリとする。

「結局、一度も成功しなかったよ。そもそも魔導書の記載に穴がありすぎてな……」

尚もルキウスはブツブツと文句を言っている。それに耳を傾けながら、ルイゼはくすりと笑みを漏らす。

（やっぱり、ルキウス殿下と魔法や魔道具のお話をするのは、楽しい）

もしも彼もそんな風に思ってくれていたなら、これ以上に嬉しいことはないと思う。

「……これではただの愚痴だな。読書に戻ろうか」

「はい、ルキウス殿下」

——小さな大学。

ルキウスが招いてくれた、二人だけの大学。

だからこそ、ルイゼも……そしてルキウスも、はしゃいでいたのかもしれない。

それから二人で、ずっとずっと時間を忘れて——夢中になって、本を読んでしまうくらいには。


「————申し訳ございませんっ！」

図書館を出て。

まずルイゼが放ったのはルキウスへの謝罪だった。

しかし謝られた当の本人は、きょとんとした顔つきでルイゼを見返してくる。

「何を謝る必要がある」

「……いえ。だって読書に夢中になっていたら、いつのまにかこんな時間に」

そう。時刻はすでに午後五時である。

王宮に着いたのが午前十一時頃だったので、五時間ほどは禁書庫に籠もっていたという計算だ。

その間もちろん、二人とも昼食を取っていないし、お茶の用意もなかったので飲まず食わずである。

王族相手に、無礼どころの騒ぎではない。

（でも。でも。魔導書はどれも興味深くて、ルキウス殿下の解説も魅力的すぎて！）

言い訳はいろいろあるのだが――自分の我儘で、ルキウスはかなり迷惑したんじゃないだろうか。

そう思うと申し訳なさのあまり小さくなるルイゼだったが、ルキウスは平静そのものだった。

「夢中になっていたのは俺も同じだ。それに大学では、研究に明け暮れて二日ほど寝食を忘れることもザラにあったぞ」

「ふ、二日もですか？」

「ああ。それに今日は、君と過ごせて楽しかったから」

「……！」

きっと深い意味はない。

そう思っていても、ルキウスの言葉に顔が赤くなる。

それなのにルキウスは追い打ちをかけるように、ルイゼのことを静かに見つめて訊いてくるのだ。

「君は、どうだった？」

「……た、楽しかったです。とても」

「そうか。なら良かった」

（……駄目だわ。ルキウス殿下の顔を、うまく見られない）

ルキウスはあまりにもまぶしくて。

その顔かたちも、まっすぐな双眸も、嘘のない言葉も――ルイゼを掴んで離さない。

そうして顔を上げられないルイゼに、気づいているのかいないのか。

「また、誘ってもいいだろうか。久しぶりに王都の魔道具店を見に行こうと思ってな」

そんな誘いの言葉を頭上で呟くルキウスに。

首を横に振ることなんて、ルイゼにはできるはずもないのだった。

◇◇◇

その夜。

レコット伯爵家のルイゼの部屋では、とある侍女の歓声が上がっていた。

「おめでとうございます！」

しかしそんな祝福の声を掛けられた張本人であるルイゼはといえば……専属侍女であるミアの反応に唖然とするだけだった。

「おめでとうって……なんのこと？」

「なんのことって、ルキウス殿下からデートのお誘いがあったのですよね！」

それを聞いたルイゼは椅子の上で仰け反《のぞ》りそうになった。

「で、デートって」

ルイゼはただ「ルキウスに街に行こうと誘われた」と話しただけだ。

それなのにデートとは？　と困惑していると、ミアが鋭い目を向けてきた。

「年頃の男女が日取りを決めて一緒に出かけるのですよ？　これをデートと呼ばずしてなんと呼びますか」

「えぇっと……ルキウス殿下は、そういうつもりじゃないと思うわ」

ルキウスは大学院を修了して、二日前にアルヴェイン王国に戻ってきたばかりなのだ。

そんな彼にはたぶん近くに、魔法学や魔道具の話ができる人が少ないのだと思う。

それでなし崩し的に、知り合いである自分のことを誘ってくださったのだろう。

ということを、ルイゼはいたって真面目に説明してみせたのだが……ミアはなぜだかハァ、と深い溜め息を吐いてしまった。

「あのですね、お嬢様。そんな理由で王族の方が年頃の令嬢を外出に誘ったりはしません」

「でもルキウス殿下はお優しい方だから」

「お優しい方でも、誰彼構わず誘ったりはしません!!」

……確かにそれはそうかもしれない、と沈黙するルイゼ。

今日もルキウスは、家の馬車が迎えに来るまでルイゼの傍に居てくれた。

疲れただろうから早く帰ったほうがいいと、長い間無理をさせたかもしれないと、そんな労りの言葉を添えて。

彼はとても優しいけれど——あの慈愛が自分以外の誰にでも注がれているのを想像すると、なんとなくルイゼは胸のあたりがずきりと痛む気がした。

その隙にミアは鼻歌を歌いながら、ルイゼの髪を撫で、きれいに櫛《くし》で梳《と》かしていく。

夕食も湯浴みも終え、もう寝る時間だ。

今日もリーナ、それに多忙な父も帰ってはこない。そのおかげで、ミアを始めとした屋敷の使用人たちは普段よりリラックスしている様子だった。

「ルイゼお嬢様の鳶色のウェーブがかった髪も、紫水晶のように煌めく瞳も本当に素敵ですもの。当日はめいっぱいおめかししましょう！　もちろん張り切ってお手伝いいたしますので！」

「なんだか私より、ミアの方がご機嫌ね？」

「魅力的な殿方に、自慢の主がお誘いされているのですよ？　これが誇らしくない侍女がいますか！」

「もう……ミアったら」

いつになく明るいミアの様子がおかしくて、ルイゼはくすりと笑ってしまった。

心をひっそりと刺した、小さな針には気づかない振りをして。

「それではおやすみなさい、ルイゼお嬢様」

「おやすみ、ミア」

ルイゼがベッドに横たわると、ミアは壁の【光の洋燈】を消し部屋を出て行った。

窓の外からは、ほのかに青白い月光が射している。

穏やかで静かな夜——けれどルイゼは寝つけず、ベッドから抜け出ると、部屋にある姿見の前に立った。

「…………」

鏡の中から見つめ返してくる女と、睨み合うようにして見つめ合う。

ミアはあんな風に言ってくれたが——ルイゼは、自分の外見が好きではない。

というよりも年々、嫌いになっているのかもしれない。

(私の外見は、リーナそのものだから)

残酷で、狡猾《こうかつ》で、誰かを傷つけても平気で微笑むそんな妹に。

鏡の中のルイゼは、そんな恐ろしい妹とまったく同じ顔をしている。

……だから時折、ルイゼは怖くなるのだ。

もしかしたら自分も、リーナと同じような笑みを浮かべて誰かを苦しめているのではないか。

あの残忍さが、自分の中にも潜んでいるのではないかと。

ただそれに、気がついていないだけではないかと。

(ルキウス殿下は、私と一緒に居て楽しいのかしら……)

ルキウスはルイゼにとって、憧れの存在だ。

彼との出逢いを忘れたことなど一度だってない。

六歳の頃、彼と出逢ってからルイゼの世界は確かに変わったから。

魔法の勉強をするのがますます楽しくなって。

知らなかったことを知るたびに視界が広がって。

新たな発見をするたびに、ルキウスに話し掛けたくなった。

母を喪《うしな》い、父が冷たくなり、妹にも蔑まれ、それでも尚――記憶の中の彼《ルキウス》だけが、ルイゼに希望を与えてくれた。

彼は遠い遠い世界の人で、だからもう会うこともないのだと諦めながらも。

こうして、彼と再会できたからこそ……ルイゼは思ってしまう。

そんな彼に幻滅されるのだけは――どうしても嫌だ、と。

(今の私に、誇れるようなことは何もない)

ルキウスに偉いよと褒められ、頭を撫でてもらった幼いルイゼはもう居ない。

あれから十年の時が経ち、ここに居るのは、リーナの替え玉をし続けて、抜け殻《がら》になったような情けない自分だけだ。

むしろ十年前よりも、ルキウスはルイゼにとって遠い人になってしまった。

それでも、と思う。

(それでも、せめて、あの方に嫌われないように)

ルイゼは鏡の前に立ち尽くし、祈るように目を閉じる。

(どうか、また、笑いかけてもらえますように)

それが〝憧れ〟の一言では済まされないほどの思慕《しぼ》であることをルイゼが自覚するのは、まだ先の話である。

◇◇◇

「…………えっ⁉　もう二回目のデートの約束を取りつけたんですか⁉」

机に向かっていたルキウスの左手が、ピタリと動きを止める。

大量の書類仕事を捌《さば》くルキウスと、その補佐を行うイザック。

他にも処理後の書類を運ぶ数名の事務官たちが、何度も執務室から入退室を繰り返している。

帰国してからというものの、【通信鏡】でやり取りしていた以上の情報もルキウスに回されるようになったので、こうしてルキウスやその周囲は毎日のように多忙を極めていた。

それでもどこか全員の顔には、喜びと安心感があり、それはイザックも同じだった。

仕えている主の姿が直接確認できるだけで、全体の士気がここまで違うのだ。

「……声が大きいぞイザック」

「すみません、思わず」

「それとデートではない。前回は共に図書館で本を読んだだけで、今回は王都で魔道具店巡りをするだけだ」

（それをデートと呼ぶんだろ！）

イザックは心の中で激しくツッこむ。

そもそもアンタ、そんな風に二人きりで親しくするような女性は今までにひとりも居なかっただろうと。

(昔っからとにかくモテるのに、素っ気ない対応ばかりでよく泣かれてたからなぁ……)

そう。ルキウスはとにかくモテる。

というのも当たり前の話だ。第一王子で、このルックスで、頭脳明晰《ずのうめいせき》でと来れば、モテないわけがないのである。

王族らしく、小さい頃から見合いの話も散々あったのだ。

しかしルキウスはその全てを「必要ない」の一言で切り伏せてきた。

イザックも「こいつマジで恋愛事に興味ないんだな」と思っていたのだが……最近の様子を見るに、そういうわけでもなかったらしい。

(嬉しそう～～な声音で、図書館デートのことも語ってたもんな)

婚約破棄の同意書を書かされる彼女についていくと聞いたときはルキウスの気遣いに感心したものだったが、どうやらお目当ては別にあったらしい。

地下の禁書庫での二人きりでの読書の時間。

それを過ごした翌日は、心なしか表情筋を緩めてイザックに語ってみせたのだ。

「ルイゼはやはり聡《さと》い」

「炎の魔石の量を抑えて土の魔石を取り入れれば、【発火札】は充分実用化できるはずだ……なんて手法をすぐに思いつくなんて、大学にもそんな人間が何人居るか」

「しかも地上の図書の六割を読み終わっていたんだ。六割だぞ？　あの難解な蔵書の数々を」

「ルイゼはすごい」

「ルイゼは賢い」

いつものように淡々とした口調ではあったが、付き合いの長いイザックには声に含まれる楽しげな、嬉しそうな響きが明瞭に聞き取れて。

そもそもあんなに口数の多いルキウスというのも生まれて初めて目にしたような気がする。

（まあ、何言ってんのか半分くらい分かんなかったけど）

それを思い出しつつ、イザックはすこぶる良い笑顔でルキウスに訊いた。

「ちなみにそれっていつです？」

「来週頭だ。それまでに必要な仕事は全て進めておく、心配するな」

「そりゃー結構ですけどね……その目立つツラとナリで市井に出る気ですか？」

「【認識阻害グラス】を使う。誰にも悟られはしない」

よっぽど予定を妨害されるのが嫌なのだろう、用意してきたような台詞をスラスラと述べるルキウス。

ここまで頑《かたく》なな態度で来られれば、もちろん邪魔する気にはならないが……しかし側近の立場として、言うべきことは言っておくことにする。

「護衛は何人か連れていってくださいよ。デートの邪魔でしょうけど」

「だからデートではないと言っている」

しつこいぞ、とペンの先で紙の上をトントンと叩くルキウス。

「俺とルイゼはいわゆる〝同好の士〟だ。男女の仲ではない、下卑《げび》た勘ぐりをするな」

ほほーう、と顎に手を当てたイザックは、ふと思いついた悪ふざけを実践することにした。

「じゃあ魔道具店巡り、オレもついてっていいですか？」

「────は？」

ルキウスの動きがピタリ、と止まった。

それから、顔を上げると無言でイザックを睨みつける。

しかしイザックは慣れたもので、腕組みをしたまま飄々《ひょうひょう》とした笑みを返すだけだ。

そのあまりにも殺気だった空気に恐れ戦《おのの》いたのだろう。

他の部下たちが「胃の痛みが」「喉が痛くて」などと口走り我先にと部屋を飛び出していく。

「…………」

「…………」

部屋が静まりかえり、無言の睨み合いが続く中……。

先に口を開いたのはルキウスだった。

ものすごい仏頂面で。

「別に構わないが」

（嘘つけ!!）

イザックは思わず叫びたくなった。

実際にイザックがデートの現場にのこのこついていったら、その場でルキウスに斬られる。間違いなく。

そして怯えるルイゼ嬢には「これは最近王都に出没している変質者でな」とか雑に説明しそうだ。そんな死に方は絶対イヤだ。

イザックはいよいよ頭を抱えたくなりながらも、どうにか言葉を返す。

「ルカ。これはお前の秘書官としてじゃなく、兄貴分としてのアドバイスなんだが……いまオレに対して感じた気持ちは、大事に覚えといたほうがいいぞ」

「よく分からないが、分かった」

存外素直に頷くルキウスに、イザックは「おう」と軽く返した。

それが嫉妬《しっと》だ、やきもちというやつだ、なんて単語で教えてみたところで、この男は納得などしないのだろう。

結局、恋愛事など他者にどうこう言われるより実際に体験してみるのが最も手っ取り早い。

(それにしても――)

どうやらイザックの考えている以上に、ルキウスはルイゼ・レコットという少女に夢中らしい。

本人には未だ恋愛感情としての自覚はないようではあるが。

(まぁ確かに、可愛い顔の令嬢ではあったけどな)

ここまでのめり込んでいるとなると、理由はそれだけではないだろう。

十年前から好意を持っていたというから、よっぽどのことがあったのだろうが……イザックとしても、ルイゼがどんな人物なのかは気になるところだ。

何せ彼女は氷のようなどと揶揄《やゆ》される男の心を、掴んで離さないのだから。

(これはルキウスにバレないように、個人的に会ってみるしかないか？)

でももしバレたら殺されそうだよなぁ、と密かに肩を震わせるイザック。

そんな秘書官の思考には気がつかず、ルキウスはペンを走らせながら訊いてきた。

「ところで、レコット家についての調査はどうなっている？」

「ああ、もちろん進めてるけどな。なかなか厄介な案件というか……」

後半はボソリと小声で呟くイザック。

情報屋にも探らせ、だいぶレコット家の内情については見えてきたところではある。

ルイゼ・レコットを取り巻いてきた過酷な環境。

彼女が今まで晒されてきたであろう謂われのない非難や嘲笑を思うと、さすがのイザックも顔をしかめざるを得ない。

(ルキウスなら、もう大体の事情は推測しているのかもしれないが)

イザックに調査を命じたのは単なる推測の裏づけ、と見るほうが妥当だろう。

その報告を果たしたとき——果たしてルキウスがどんな手段に出るのか、イザックにはまだ見当がつかない。

「報告にはまだ少し時間がほしい。それでもいいか？」

「分かった。それで構わない」

「じゃあ来週のお楽しみのために、残りの仕事も張り切っていこうな！」

「……だからお前は何度言ったら」

ルキウスの溜め息と共に、蜘蛛の子のように散っていた補佐の事務官たちがちらほら戻ってくるのだった。

第三章

あなたと王都で

「おはようルイゼ」

「ルキウス殿下、おはようございます」

翌週の朝。

約束通りレコット家の屋敷まで迎えに来てくれたルキウスに、ルイゼは頭を下げる。

今日のルイゼは長い鳶色の髪を綺麗にハーフサイドアップにして、後頭部を蝶々《ちょうちょう》の髪留めで留めている。

裾がふわりと広がるアップルグリーンのワンピースは、髪色と合わせてミアが選んでくれたものだ。

(私の格好、別段おかしくはないと思うけれど……)

ルキウスの隣に立つには力不足では、と思ってしまう。

というのもルキウスは目立たないためだろう、飾り気のない庶民じみた格好をしているのだが、それでもやっぱり恐ろしいくらいに美しいから。

玄関の外で待っていたのは一台の馬車だった。

身分を隠すためだろう、王族が使うような豪奢なものではなく商家にあるような平凡なデザインのものだ。

「それでは、行こうか」

「……は、はい」

自然とルキウスに手を取られ、ルイゼは馬車に乗り込んだのだった。

青空の下を馬車で進みつつ、ルイゼは窓を開け、外の景色を楽しんでいた。

レコット家は王都内に屋敷を構えてはいるが、賑やかな中心部からはかなり離れているため、馬車で移動しても十数分は掛かる。

「ルキウス殿下、風が気持ちいいですね」

そう話しかけると、対面に座ったルキウスが、車輪の音に掻き消されないためだろう――少し声量を上げて言った。

「ルイゼ。今はいいが……人前で、殿下と呼ばれるのはさすがにまずい」

「あっ……そうですよね、すみません」

ルキウスの指摘はもっともだ。ルイゼは慌てて口元を覆った。

でも、それならなんと呼べばいいのだろう。

困るルイゼに、ルキウスは頬杖をつきながら。

「……子どもの頃は、親しい者からはルーくんと呼ばれていたな」

(――ルーくんっ⁉)

叫びそうになるのを寸前で堪える。

いくらなんでも第一王子を愛称で、しかもくん付けで呼ぶのはあまりにも畏れ多い。

「殿下。さすがにそれはちょっと」

ルイゼはおずおずと断りの言葉を入れた。

すると、ルキウスは機嫌が悪そうにそっぽを向いた。

「……ではルカはどうだ？」

「ルカ様……それなら、どうにか」

「そうか」

（良かった。ちょっと機嫌は直った……っぽい？）

ほっとするルイゼだったが、ルキウスの爆弾発言はそれで終わりではなかった。

彼はそのあと、ぽつりと言ったのだ。

「……今日の君はいつにも増して可愛らしいな」

そんな言葉を――ルキウスが呟いたものだから。

ルイゼの呼吸は完全に止まってしまった。

（ふ、不意打ちすぎるっ……！）

男性慣れしていないルイゼは、それだけで頭がクラクラしてしまった。

社交辞令と分かっていても、嬉しいものは嬉しいのだ。それに、嬉しさに比例して恥ずかしさも湧き上がってくる。

そんなことを思いながら、ちらっと見てみると……ルキウスの頬が心なしか赤く染まっていたので、ますますルイゼは何も言えなくなってしまった。

それは社交辞令を述べた男性のするような顔ではないと思う。ルイゼの思い違いでなければ、きっと。

（……もしかして、だけれど）

もしかして、馬車に乗ってからしばらく黙り込んでいたのはそのせい？

ずっとルイゼのことを褒めてくれようとして、彼も緊張していたのだろうか？

そう思うと、十も年が離れた男性だというのに、なんだかルキウスのことが可愛らしく思えてしまう。

「ありがとう……ございます」

そんなルキウスに、ルイゼは消え入りそうな声でお礼の言葉を伝えるのがやっとだった。

◇◇◇

大通りに着いた二人は、さっそく魔道具店へと向かうことにした。

王都にあるだけでも魔道具店は四つもある。

しかし、巡る価値があるお店はといえば――ルイゼとしては、選択肢はその中でも二つまで絞られる。

その二つというのが、最新の流行《トレンド》を追う新商品を取りそろえた大商店『無限の灯台』と、骨董品じみた魔道具が並ぶ老舗店『片目の梟《フクロウ》』である。

「残りの二つの店は、型落ち品ばかりだからな」と同意してくれたルキウスの言う通りであった。

「先に『無限の灯台』に向かうか」

「はい」

活気に溢れる人混みの中を、ルキウスと並んで歩き出す。

といっても二人きりというわけではない。姿は見えないが、護衛は何人もついているのだとルキウスが教えてくれた。

そしてすぐさま。

――ルイゼは、彼の美貌のすさまじさを思い知ることとなった。

「【認識阻害グラス】は、正常に働いているはずなんだが……」

嘆息するルキウス。

先ほどから周囲では、彼を取り巻いて女性たちのヒソヒソと騒ぐ声が飛び交っていた。

一見すると単なる眼鏡のように見えるが、レンズに砕いた光の魔石とインビジブル鉱石を用いて【認識阻害グラス】とは、数年前に開発された魔道具の一種だ。

光の魔石もインビジブル鉱石も採れる量が少なく貴重であるため、一般的にはまったく普及していない魔道具でルイゼも目にするのは初めてだった。

特殊な加工が施されているらしい。

その効果は確か、周囲からグラスを身につける者の容貌を認識しづらくするというもの。

だが周囲の女性たちの熱量ある視線を感じる以上、うまく効果が出ているとは言いがたい。

（銀髪で上背があって、佇まいだけで美形と分かるものね）

「こんなことなら開発チームに参加するべきだったな」

ぼやくルキウスに、悪いと思いつつルイゼはくすっと笑ってしまった。

「ルキ……ルカ様が本気で取り組んだら、姿を消せる魔道具だって完成してしまいそうですね」

しかし、そうして微笑む可憐《かれん》な少女の姿に——ひとり、またひとりと振り返る男たちが居ることに、当の本人はまったく気がついていない。

ルキウスは渋面で言い放った。

「……もうひとつ予備がある。君もこれを掛けたほうがいい」

「ご冗談を。さすがに私には必要ありませんよ？」

何気ないやり取りをしつつ、魔道具店の前に到着する。

ルイゼも何度となく来店したことがある『無限の灯台』だ。

『無限の灯台』はこの王都では一番真新しい魔道具店で、敷地面積の広さがとにかく凄まじい。

大商会の直営店なだけあり、いつ訪れても店頭には新しい魔道具が勢揃いしている様子は壮観である。

大衆向けとされてはいるが、客の中には貴族らしき人の姿もちらほらあった。

多くの客で賑わう店内に、ルイゼもルキウスと共にさっそく足を踏み入れる。

生活魔道具に冒険魔道具……所狭しと並ぶ商品の山に、思わずルイゼのテンションも上がっていく。

何せ学生時代以来の一年ぶりの来店だ。普段はあまり立ち寄らない調理用の魔道具にさえ、興奮を感じてしまう。

「ルカ様、見てください！　先週発表された新作魔道具【ウォーターオーブン】ですって」

「ああ、これは俺と同じ研究室の学生が開発したものだな」

「ええっ？　そうなのですか？」

「何度か頼まれて試作品を試したこともある。水の魔石と炎の魔石を併用して、水蒸気を発生させて食品を焼くんだ。これで焼いたフライドチキンがなかなかの味だった」

さすがは名高き魔法大学。ルイゼは感心の溜め息を漏らしてしまった。

（ルキウス殿下はその大学でも、天才として名が知れ渡っていた方……）

そんなルキウスとこうして魔道具店の中を歩いているなんて、なんだか夢のようだ。

「……お、これは」

ふと、最新型の【冷風機】の前でルキウスが足を止める。

ルイゼはその隣の棚を、クセで眺めた。

ちょうど店内を回っている店員が近くに居たので、念のため訊いてみることにする。

「すみません。【眠りの指輪】はここにあるもので全部ですか？」

「ええ、そうです。……失礼ですが、お嬢様のようにお若い方が珍しいですね」

「あはは……」

苦笑で誤魔化すルイゼ。

寝つきが悪かったり、眠りの浅い人に重宝される安眠用の魔道具なので、おかしいと思われたのも無理もない。

（……やっぱり、同じデザインの物は置いてないみたい）

諦めて、振り返ったときだった。

いつの間に後ろまで来ていたルキウスと、至近距離で目が合いどきりとする。

「すみません、よそ見をしていて」

「それはまったく構わないが。──【眠りの指輪】、好きなのか？」

「え？」

「十年前にも、いの一番にその名前を出してきただろう」

ルキウスの言葉にルイゼは驚いた。

彼が言っているのは間違いなく──十年前の、お茶会のときのことだ。

魔道具の一覧《リスト》を見せてもらってはしゃいだルイゼは、次々と知っている魔道具の名前を列挙して
……ルキウスはひとつずつ丁寧に相槌《あいづち》を打ってくれたのだ。

（──そんな些細なことまで、ルキウス殿下が憶えていてくださっている）

たったそれだけのことが、胸がじんわり温かくなるほど嬉しくて。

そのせいか。

ルイゼは、普段なら人には話さないようなことを思わず口走ってしまった。

「好き、というか……私が初めて知った魔道具が【眠りの指輪】なんです」

話し始めるルイゼをルキウスは静かに見下ろして、話に耳を傾けていてくれるようだった。

「物心ついた頃には、眠る前に指に嵌《は》めるのが習慣になっていました。紫色の小さな宝石が埋まった指輪で……あの指輪を着けるだけで落ち着いて、ウトウトすることができたんです。幼い頃から眠りの浅い私に、父か母が贈ってくれたものだと思うのですが」

一年前。

魔法学院に通っていた頃、ますますルイゼの睡眠不足は悪化していた。

寮生活で同室にリーナが住んでいたのもあり、気が休まるときが一時もなかったのだ。

それでも、【眠りの指輪】があればどうにか数時間は眠ることができた。それはルイゼにとって救いだった。

しかしある日、指輪を外すのを忘れて登校したルイゼの手元に……目ざとくフレッドが気がついた。

『お前。婚約者の居る身で、左手の薬指に安っぽい指輪を着けるなどと——恥ずかしくないのか⁉』

そう怒鳴ったフレッドは、無理やりルイゼの指から指輪を抜き取った。

何度返してほしいと懇願しても、フレッドは聞いてはくれなかった。そのあと、きっとどこかに捨ててしまったのだろう。

アルヴェイン王国では昔から、花婿は花嫁の左手の薬指に宝石のある指輪を贈るという風習がある。

だから、フレッドの怒りは決して的外れではなかったのだと思う。

自分から贈ったものだと他人に誤解されたら、堪らないと思ったのだろう。

だが、さすがにそんな話をルキウスにするわけにはいかない。

「本当に、大切なものだったのに——不注意でなくしてしまって。同じデザインの物を探しているんですが、なかなか見つからないんです」

そう苦笑いをして、ルイゼは話を締めくくった。

そうか、と頷いたルキウスの声音が寂しげに感じられたのは、ルイゼの気のせいだったのかもしれない。

◇◇◇

広い店内中を回っていたら、すっかり昼近い時刻になっていた。

前回の禁書庫での反省から――今回は一日、魔道具店巡りを切り上げて早めの昼食を取ることになった。

しかし公休日だからかどの店も混んでいて……ルキウスの提案で、来た道を少し引き返して屋台で買い食いをすることにした。

陽射しが強くなってきたので、ちょうど空いていた木陰のテーブル席に座る。

広場の外周に沿うようにして屋台が並んでいるが、この距離でも風に乗って香ばしい香りが漂ってきた。

(さっきまで平気だったのに、この場所に居るだけでお腹が空いてくるかも)

「ルカ様は、こういった場所でお食事をしたことはありますか?」

「イスクァイでならそれなりにあるな。大学の周りは学生街だから」

「学生街……確か学生向けのお店や施設だけでひとつの街ができているんですよね」

大学では身分が重視されないため、買い食いと言った庶民じみた行為も王族であるルキウスに許されたのだろう。

それから三十秒ほど、無言できょろきょろと周囲を見回してから……

「俺はワッフルドッグと、牛肉のシュハスコにしよう」

「私は鶏肉のシュハスコとアランチーナを」

……よし、と二人は頷き合った。

「一緒に買いに行こうか」

「はい！」

◇◇◇

シュハスコの列にルキウスと一緒に並びながら、ルイゼはうきうきとしていた。

（自分で屋台の食事を買うなんて、初めてだわ）

以前は何度か、ミアたちと共に王都に来て買い食いをしたこともあったが、普段は誰かがお使いしてくれるのをルイゼは座って待っているだけだった。

それが、今は自分も屋台に並んで煙や匂いをずっと近くで感じている。それだけのことが嬉しくて仕方がない。

数分の間に、お目当ての料理がテーブルの上に勢揃いする。

ノンアルコールカクテルの色鮮やかなシャーリー・テンプルは、ルイゼのためにルキウスが買ってきてくれたものだ。

乾杯のグラスを合わせれば、待ちに待った昼食が始まった。

渇《かわ》いた喉を冷たいカクテルで癒《いや》すルイゼの正面で、クラフトジンを一口含んだルキウスがさっそくシュハスコに手を伸ばしている。

そしてなんの躊躇《ためら》いもなく、大きな口を開けてかぶりついた。

「！」

目を見開くルイゼの目の前で、焦げ目がついたシュハスコをモグモグと頬張るルキウス。

周囲を見回してみると、周りではルキウスと同じように多くの人々が笑顔で、楽しそうに口を開けて食事をしている。

それを見てルイゼもおずおずと、油が滴《したた》る串焼きを手に取った。

ゴクン……と唾《つば》を呑み込み、考える。

（普段だったら、人前でこんなことできないけれど……）

貴族である以上、食事とは静かに、優雅に楽しむのがマナーであるとされる。

肉は小さく切り分けて含むし、咀嚼《そしゃく》の間は口を閉じ、食物が喉を流れるのを待つ。

でも――自分もルキウスのように。

最初はおずおずと、肉の端っこを口に入れてみる。

すると、

（――美味しい！）

それはもう――飛び上がりそうになるくらいに美味しかった。

ルイゼは夢中になってシュハスコをほっぺに含む。

大量に振りかけられた荒塩と胡椒《こしょう》がよく効いていて、味つけはかなり濃いがクセになる。

常日頃、家でひとりで食べる豪奢な料理よりもずっと味わい深く感じるほどに。

（うう、もっと買ってくればよかったかも）

気がつけばほんの数分で一本を食べ終わってしまったルイゼは、次に紙の包みに入れられたアランチーナへと手を伸ばした。

アランチーナはライスコロッケとも呼ばれる料理だ。

お団子のように小さく丸まったアランチーナは、包みの中に六つも入っている。

ワクワクしながら、そのうちの一つをつまんでみた。

（こっちも美味しい……！）

揚げたてなので、口に入れてもホクホクで湯気が出そうだ。

（モッツァレラチーズがとろっと口の中で蕩《とろ》けるみたい……熱いけど堪らないわ）

二つ目のアランチーナには、チーズではなくミートソースがたっぷり詰まっていた。

具材に工夫があるので、これなら何個食べても飽きが来なさそうだ。

「楽しいな」

そのときふと、独り言のようにルキウスが呟く。

それを聞いて――ルイゼの胸に、ひとつの思いが去来した。

（……もしも私が大学に行けていたら、こんな風にルキウス殿下とごはんを食べたりしたのかな）

それだけじゃない。

一緒に大学に通って、授業を受けて、研究に明け暮れたり。

ときには意見を衝突させながら、魔道具開発に心血を注いだり。

論文に苦しみながらも、乗り切った暁には研究室の仲間を連れて飲みに行くような。

(そんな毎日が、もしも、もしも——あったのなら)

ルイゼは眉を下げて、小さく微笑む。

今となっては手が届かない妄想だと分かっていても。

それはなんて、素敵な光景だろう。どんなに幸せなことだろう……。

「……ルイゼ、どうした」

ルキウスに話しかけられ、ルイゼははっとした。

知らない内に、ずっとルキウスを見つめてしまっていたらしい。

「すみません。ちょっと考えごとをしていて……」

慌てて謝るルイゼだったが、ワッフルドッグを食べていたルキウスは訳知り顔で頷いた。

「そういうことか、分かった。これが食べたいんだな？」

「え？」

「そんなに物欲しげな顔をして。——ほら」

「え!?」

手にしていたワッフルドッグを、ずずいっと差し出してくるルキウス。

そこで完全にルイゼの思考はパニックに陥った。

(私、そんな物欲しげな顔してた？　じゃない……っ、これって！)

間接的にだが、口と口がくっついてしまうような……。

などと逡巡《しゅんじゅん》する合間にも、無表情のルキウスの顔が次第に曇《くも》っていって。

ルイゼはいよいよ覚悟を決めた。

「い――いただきますっ」

身を乗り出して、ワッフルドッグを小さく一口。

それから再び席に沈んで……とにかく口を動かして咀嚼を続けるが。

（……どうしよう。もはや、味がよく分からない）

緊張と羞恥心《しゅうちしん》で、味覚が正常に働かなくなったらしい。

だがルキウスが「美味しいか？」と訊いてくるのでとりあえずコクコクと頷いておく。

「そうか。それなら良かった」

「………………」

ルキウスにまったく悪気がないのは明らかだ。

でもなんだかこれでは自分ばかりが照れて、恥ずかしい思いをしているような気がして。

それはどこか悔しくて。

（やり返す――というのは不敬だけれど、せめて私も！）

ワッフルドッグのひとかけらを食べ終えたルイゼは、決意を固めた。

包みの中で待機している三つ目のアランチーナをぎゅっとつまむと、ルキウスに向かって。

「あ、あの。ルカ様も……あ、あーん」

ルイゼは緊張にぷるぷると手と声まで震わせながら、なんとかそう言い切った。

自分でも顔が赤くなっている自覚はある。けれど、これくらい返さなければ気が済まない。

（ど、どう？　これならルキウス殿下も照れるはずっ……！）

なんて勝利を確信した直後。

「ありがとう」

思いがけず、ルキウスはなんでもないようにサラッとお礼を言った。

それから横髪を耳にかけ……ルイゼの差し出すアランチーナを、一口で食べてしまった。

最後にぺろっと、色っぽく脂に濡れた唇を赤い舌で舐めて。

「……うん。美味しい」

（こういうの、慣れていらっしゃるんだわ……！）

ルイゼはテーブルに突っ伏しそうになった。

ショックのような。ルキウスほどの人なのだから当然だと思い知ったような。

そして、周りの女性たちからさらに熱い視線がルキウスに注がれているような……。

（うぅ、駄目……楽しいのに帰りたくなってきた）

じわぁっと涙が滲みそうになっていると。

「フッ」と頭上から鼻に抜けるような笑い声が降ってきて、ルイゼは顔を上げた。

誰が笑っていたかといえば、当然ルキウスだ。

彼はクスクスと、大きな声を立てないようにしばらく笑ってから――。

――やがて、種明かしの口調で告げた。

「……すまない。少し意地悪をした」

「は……」

「照れている君が可愛くてな」

「かわ……？」

ルイゼは首を傾けたまま硬直した。

（――からかわれている！）

そう分かった瞬間、意地っ張りで負けず嫌いのルイゼ・レコットが顔を出す。

「お気になさらず。私は、ええ、まったく照れていませんので」

「……いや、俺の見る限り羞恥に悶《もだ》えているように見えたが」

「照れていませんっ」

（もうそういうことにしてほしい！）

ルイゼは包みをがさごそと漁り、再びアランチーナを取り出した。

「はい、ルカ様。もういちど、あーん……です」

「もぐ。……うん、美味しい」

「もういちど！」

「……このままでは君の分がなくなってしまうと思うが……」

「そのときはもう一袋買いますので、お構いなく！」

やたらとアランチーナがぬるくなったと感じたのは、自分の体温が上がったせいなのだとは気づかないまま。

ルイゼはルキウスの餌《え》づけにせっせと勤しむのだった。

◇◇◇

ルイゼにとってはほとんど戦いじみた昼食の後。

次に向かうのは二店目の魔道具店――魔道具専門の骨董店、『片目の梟』だ。

こちらは大通りに看板を構えた『無限の灯台』とは異なり、裏路地にひっそりと佇んでいる店である。

それに『片目の梟』では入手困難である魔道具ばかりを取り扱っているため、庶民が簡単に手が出せないような価格の品ばかりが並んでいるのも大きな違いだ。

かくいうルイゼも自由にできるお金がそう多くはないため、未だ『片目の梟』で商品を購入したのは数えるほどだったりする。

ルキウスが外開きの扉を開くと、ホゥ、とアンティーク調のフクロウのドアベルが鳴く。

暗い店内へと足を踏み出してすぐ、ルイゼは店の壁際に目を向け、彼に向かって笑顔で話しかけた。

「ウク、久しぶり」

切り株の上に居るのは、フクロウのウク。

昼間だからか、面倒そうにチラッとだけ片目を開けたウクが……ルイゼに向かってモニョモニョ、と嘴《くちばし》を動かす。

その仕草が、まるで「久しぶり」と返してくれたように感じられてルイゼは顔を綻ばせた。

ルイゼの視線の先を追っていたルキウスが訊いてくる。

「そのフクロウはウクというのか。知らなかった」

ルキウスも何度か『片目の梟』には足を運んでいるそうだが、ウクの名前については知らなかったようだ。

「はい。他の猛禽類《もうきん》にウクが左目を抉《えぐ》られて死にかけていたところを、このお店の御主人であるモーガンさんが助けたんだとか」

もちろん、店名の由来はウクである。……とルイゼは思っているが、モーガンはとても寡黙《かもく》な老人で、確かな答えをもらったことはなかった。

そして主人であるモーガンはといえば、杖をつきながら木椅子に座り、静かにこちらを眺めているだけだった。

というより、灰色の髪の毛と髭《ひげ》によって顔はほとんど覆われているし、背も丸まっているので、実際にルイゼたちのほうを見ているのかは分からなかったが。

「お久しぶりです、モーガンさん」

ルイゼが声を掛けてみても、やはり返事はない。

この時点で、新規の客は店の雰囲気に怯えて逃げ出す場合が多いのだが――常連の部類に入るルイゼもルキウスも、もちろん怯むことはなかった。

それから一つ一つの棚を、ルキウスと共に見て回りながら――ルイゼはひっそりと吐息を吐く。

決して、品揃えに失望したわけではない。

『片目の梟』の魔道具はどれも本当に魅力的なものばかりなのだ。

（南のエ・ラグナ公国で発表されたものの、不良品としてすぐに回収された【発火札】……公国のさらに南の小さな国で、王族の婚姻儀礼に用いられたとされる【聖印の槍】の実物……）

この場所以外では二度とお目に掛かれないだろう貴重品ばかりだ。

その全てが興味深くて、ずっと見つめていたいくらいに好奇心をそそる。

それでも――やはりここでも、ルイゼの目当てのものは見当たらない。

型式の古い【眠りの指輪】と。

それにもうひとつ、

「……やっぱり、治療用の魔道具はない」

「治療用の魔道具？」

……しまった。声に出ていた。

と気がついた頃には時既に遅く、ルキウスは不思議そうな面持ちをルイゼに向けている。

誤魔化しが利かないと悟ったルイゼは、素直に白状することにした。

「はい。ずっと前から探しているんですが」

「俺もそういう類のものは目にしたことはないな」

魔道具開発において他の追随《ついずい》を許さない大学出のルキウスがそう言うのだ。

それに『片目の梟』ほどの店にも置かれてないのだから、やはり、世界のどこにもそんな物は存在していないのだろう。

ルイゼはそうですよね、と落胆《らくたん》を隠して頷こうとしたのだが。

「――どこか怪我をしているのか？」

出し抜けに、ルキウスがそんなことを心配そうに訊いてきた。

ルイゼは勢いよく首を横に振る。

「ち、違うんです。私じゃなくて、ええと……そういうものがあったら便利なのにと思って」

「……そうだな。光の魔石を中心に用いるとなると、実用化は難しそうだが」

「！」

ボソッと呟くルキウスに目を輝かせるルイゼ。

「そうなんです。光の魔石は【光の洋燈】のように、一定出力の魔力を放出し続けるのには向いていますが、治療用となると話が違ってきますものね」

「変化の魔法になるからな。となると、この【聖印の槍】の仕組みは少し参考になるかもしれない」

「確か風の魔石を関節部に駆使していて、槍の形状を四種類に自在に変化させるんですよね」

「そうだ。といっても大学で論文を発表した学生によると、単に風の魔石を用いているわけじゃないらしい」

「もしかして……光の魔石も？」

「そういうことだ」

そのまま、二人の魔道具談義にはいつも以上に花が咲いていく。

呆れたように、壁際のウクがホゥ、と小さく鳴いた。

◇◇◇

店を出たときには、辺り一面はすっかり夕焼け色に染まっていた。

（……ルキウス殿下と一緒だと、時間が過ぎるのが早いわ）

楽しい時間はあっという間だ、などと、そんな風に思うのは何年ぶりだろうか。

二人分の影を長く伸ばしながら、ルイゼは隣の彼をちらりと見上げる。

迎えの馬車に辿り着くまで、あと数分はある。

その間に、彼に伝えておきたいことがあった。

「今日は……今日もとても、楽しかったです。ありがとうございます、ルカ様」

しばらくルキウスは無言だったが、やがてぽつりと返事をした。

「これからも、呼び方はそれでいい」

あまり堅苦しいのは好きじゃない、と付け足すルキウス。

素っ気ない物言いだ。それでも、ルキウスの言いたいことをルイゼは明敏に感じ取った。

人目がないのを確認してから。

おずおずと、声にしてみる。

「では……ルキウス、様？」

「……それでいい」

ふわりと。

きつめの目元が柔らかく和むように、ルキウスが微笑んで。

それを至近距離で直視してしまったルイゼは、慌てて目線を下ろした。

自分でもどうしようもないくらい、ドキドキしてしまっている。

（頬が、熱い……）

ルイゼはその熱に浮かされたように、掠《かす》れた声で呟いた。

「……ルキウス様と再会してから、毎日、夢のように楽しいです」

「………………」

「このまま穏やかな毎日が、続けばいいのにと思うくらい」

そんな日々は、あり得ないと分かっている。

多忙なルキウスの温情によって成り立っているだけの奇跡の時間だと、知っているからこそ。

ルイゼは眉を下げて笑って——涙が出そうになるのを必死に堪えていた。

「……ルイゼ」

ルキウスが立ち止まったので、ルイゼは数歩遅れて振り返った。

彼はジッと、ルイゼのことを見つめている。

「今度、王宮で夜会を開く。良かったら来てくれないか？」

「私が……ですか？」

「ああ。俺が帰国したことを祝うという名目の会だが……昔なじみばかりを呼ぶ小規模な会だから」

ルイゼは目を見開く。

ルキウスにとって親しい者だけを呼ぶ会。

つまり、フレッドとリーナはその場には来ない——ということだ。

そして、どうしてルキウスがその場にルイゼを呼ぶのか？

そんなことは、もう、聞かずとも分かっていて。

（私の汚名を、雪《すす》ぐため……）

ルイゼは唇を引き結ぶ。

やはり怖いという気持ちは少なからずある。

それでも、彼の思いやりを無下にしたくはなかった。

「行きます。必ず」

「そうか」

ルキウスは頷いた。あくまで淡々と、普段通りに。

それでルイゼは、少しだけ身体の緊張が和らぐのを感じた。

「……ありがとうございます、ルキウス様」

「礼を言われるようなことじゃない」

ああそれと、とルキウスが付け足す。

「分かっていると思うが、エスコート役は俺が務める」

「……えっ⁉」

「嫌か？」

「い、嫌なはずありません！　でも、さすがにそこまでご迷惑は……」

「君が関わることで、俺にとって迷惑なことなど何一つないよ」

やはり、なんでもないようにそう言い切って。

ルキウスは風を切って歩き出す。その背中を、ルイゼは呆然と見つめた。

さきほどは真っ直ぐ引き結んだはずの口元さえも、小さく震えている。

どうしようもなく。疑いようもないほどに。

（ああ、私にとっていちばん怖いのは……他の誰でもない。ルキウス様なんだわ）

そんな風にルイゼは思う。

その優しさを――都合良く勘違い、してしまいそうになるから。

◇◇◇

一方その頃。

王宮の一室ではとある騒ぎが起こっていた。

「なんなのよ、これはいったいッッ！」

リーナは怒り狂っていた。

目の前のテーブルに積み上げられた書類を、信じられない思いで見つめる。

先刻のことだった。

リーナの部屋にフレッドの使いだとかいう男たちがやって来たのだ。

そして彼らはリーナがティータイムに使っているレースのテーブルクロスを敷いたテーブルの上に、無作法にも大量の書類を積み上げ出した。

リーナはあまりの光景に、ショックで気を失いそうになっていた。

「ああ、無事に運び込まれたな」

そこにやって来たのはフレッドだ。

ルイゼとの婚約破棄の件を国王と王妃に散々窘《たしな》められていたフレッドだが、ようやく説教が終わったとかで今は清々しい顔つきをしている。

リーナは思わずそんなフレッドに詰め寄った。

「フレッド様っ！　なんなんですの、これはいったいっ！」

「何って……先週話しただろう？　僕も公務の一部を任されることになったから、リーナには婚約者としてその手伝いをしてもらいたいんだ」

「は？　公務？」

唖然とするリーナに、フレッドは首を傾げる。

「だから、説明したじゃないか。僕も兄上に負けるわけにいかないからと」

「ああ……」

そういえば、そんな話もしていたかもしれないとなんとなく思い出すリーナ。

先週、ルイゼを目当てに第一王子のルキウスが帰国したとかいうガセネタを掴まされたフレッドは、リーナの部屋までやって来て文句を言ってきたのだ。

そのときリーナは、ルキウスなど相手ではない、王位はフレッドの物だ、なんて適当なことを言ってフレッドを調子に乗せた。

単純なフレッドは、そんなリーナの言葉を真に受けて——今までは成人していなかったからと免除されてきた王族としての公務を、本格的に始めることにしたらしいのだ。

「でも、どうしてその仕事がわたくしに回ってくるんですの?」

「それはもちろん、リーナが僕の婚約者だからさ」

怒りを抑えて訊いているというのに、なぜか照れくさそうに鼻の下をこするフレッド。

「兄上の処理する仕事の量には、苛立つことにまだ到底及ばないんだがな……僕も簡単なものを中心に、それなりの量を受け持つことにした。リーナに任せたいのはその内の三割の決裁だ」

「三割……」

「リーナにとってはこんなの簡単すぎるだろうが、よろしくな」

フレッドの一言に、リーナはぎくりと身体を強張らせた。

(簡単って……さっき一枚だけチラッと読んでも、よく意味が分からなかったけど)

しかしリーナ・レコットといえば、〝才女〟と呼ばれる華々しい貴族令嬢として知られている。

ここで自分にはできないなどと言って投げ出せば、フレッドや周囲の人間からどんな目を向けられるものか分からなかった。

リーナはぎこちなく微笑んだ。

「……ええ。わたくしの能力ならば、造作なく片づけられますわ」

フレッドはぱぁっと顔を輝かせる。

「さすがだな、リーナ！　やっぱりお前はルイゼなんかとは格が違う」

「ええ、もちろんですわ」

「今後はこんな少ない量じゃ物足りないだろうから、どんどん数も増やしていくことにしよう」

「……そう……ですわね……」

リーナの返事に何度も頷き、フレッドは上機嫌で部屋を出て行く。

残されたリーナは、どうしようもない気持ちで書類の山を見遣り――致し方なく、溜め息を吐きながら椅子に座った。

とりあえず目についた一枚を山の上から取って、目を通してみる。

「……なにこれ」

だが、まったく意味が分からない。

（豚が三十頭、行方不明？　調査の結果、盗賊の仕業と見られる……ってバカみたい。だからなんなのよ。家畜なんてまた増やせばいいだけじゃない）

（流木？　漂流物の被害？　アシヤ村の塀が一部破損？　ハァ？　知らないわよ。どっかの田舎村の塀なんか壊れたってどうでもいいでしょ！）

（これは…………何？　なんて書いてあるの？　この単語も、読めない……）

リーナはすっかり呆れかえってしまった。

これを報告したり、作成した人間たちは頭が悪いのだろうか？

いずれ王族になるリーナは、華々しい生活が約束された天上人なのだ。

そんなリーナにこんな下らない文章を読ませるなんて、恥ずかしくないのだろうか。

そして改めて……こんな内容の書類が百も二百も目の前に積まれていると考えると、リーナは吐き気を催してしまった。

（……ルイゼを呼ぼうかしら）

思わず、あの冴えない姉のことを脳裏に思い浮かべる。

ルイゼは暇人で、いつも時間さえあれば本を読んでいるような変わり者だ。

あの女ならば、こんなわけの分からない書類の山でも喜んで取り掛かるのではないだろうか。

しかし、レコット家の屋敷のある方向に視線を飛ばすリーナに、侍女のひとりが声を掛けてくる。

「……リーナ様、どうなさいましたか？」

そうだった。

学院に通っていた頃とは違い、今は周りの目があるのだ。

部屋を得てから、もともと王宮で勤めているという侍女は六人、リーナの側仕えとなっていた。

それに部屋の前には警備の兵も立っている。

これでは、大した理由もなく外に出るのは難しいだろう。

「なっ――なんでもないわよ、別に」

（まったく――つくづく使えない姉だわ！）

リーナは胸中でルイゼに毒づく。

それから目の前の用紙に、上から下まで目を通し……なんとなく、壁際に立つ侍女のひとりに声を掛ける。

「……ねぇ。これ、とにかく印を捺せばいいのよね？」

「私には分かりかねますが……フレッド殿下に任された通りの仕事を果たされるのが良いかと存じます」

（アンタレベルじゃ分からないってハッキリ言いなさいよ、役立たず）

澄ました回答に苛立ちが増す。

リーナはフレッドの使いが用意した決裁印を、とりあえず右手で持ち上げた。

「………………」

そして自分に近い書類から、内容には目を通さず次々と印を捺していく。

理由は一つだ。

（こんなもの、誰もまともに書いちゃいないもの。高貴なわたくしが決裁さえしてやれば、下々の者が動けるってことよね？）

リーナは頭が良いのでピンと来たのだ。

盗賊やら流木やらに悩まされる哀れな庶民たちが救いの手を求めてくるのには、とにかく、はいはいと頷いてやればいい。

あとは、また下の者がどうにかして対応するだけだろう。そうなったらもうリーナは関係ない。

（なーんだ。それなら簡単じゃないの！）

一枚ずつ処理するのが面倒になり、リーナは椅子から立ち上がった。

書類の束を二つほどに分けると、上の書類から次から次へと捺印する。

ついでに、処理を終えた書類を次々と床に落としてやった。

派手な赤色の絨毯の上に、白い用紙が散らばっていく。

侍女の何人かが唖然と「リーナ様っ？」と上ずった悲鳴を上げた。

「ほら、さっさと拾ってよ！　処理が終わった奴からフレッド様のところに持っていって！」

苛立ちと共に、ドン！　と音を立て捺印しながら、リーナは片っ端から書類を床にぶちまけていった。

侍女たちが慌てて、書類を拾い上げていく。その不様な様子をケラケラ笑ってやりながら、リーナは思う。

（ルキウス・アルヴェインもこんな仕事をやって偉ぶっているっていうから、たかが知れてるわね）

〝稀代の天才〟だとか呼ばれているらしいが、こんなもの、リーナの手に掛かれば数分で終わるだろう。

ふと――リーナは思いついて、手前に這いつくばって紙を拾っていた侍女に声を掛けた。

「……ねえ」

「は、はい！」

「わたくし、最近あまり外出もしてなくてストレスが溜まっているの。近々、王宮で開かれる夜会でもないかしら？」

「夜会……でしたら、ルキウス・アルヴェイン殿下の帰国を記念した夜会が開かれると、伺っております」

「へぇ……」

（……ふぅん、やっぱりね）

リーナは静かに唇を舐める。

そんなリーナに、侍女は遠慮がちに言う。

「ただ、招待状が必要な小規模な夜会だそうですので……」

「何言ってるの？　フレッド様はルキウス様の実の弟なんでしょう？」

「い、いえ……畏れながら、お二人はあまり仲がよろしくないので……」

（まぁ、そうでしょうねぇ）

フレッドはあれだけルキウスを敵視しているのだ。リーナとて、二人が仲良し兄弟だなどとは思っていない。

だが、だからこそ――面白いのではないか。

暇つぶし程度に十年ぶりに帰国したとかいう第一王子の冴えない顔を見て、フレッドと優越感に浸るのも悪くない。

悪魔の微笑みを浮かべて、リーナは言ってのける。

「――何を言ってるの？　実の弟とその婚約者がお兄様に会いに行くのに、招待状なんて必要ないでしょう?」

◇◇◇

ルキウスとルイゼが二人で王都に出掛けた、その翌日のこと。

「………とても楽しかった。有意義な時間だった」

執務室には——昨日の感想を断片的に呟き続けるルキウスの姿があった。

専属秘書官イザックの本日の仕事は、そんなルキウスに「そうですか」「良かったですねー」「なるほど」「ほほう」と相槌を打ってやることである。本人が聞いているかどうかは分からなかったが。

周りの事務官たちは、最初は何やら恐ろしいものを見るような目つきで遠巻きにルキウスを眺めていたが……朝からこの調子なのでさすがに慣れてきたらしく、だんだんと仕事の効率も良くなってきた。

五回目くらいの「それは最高でしたねー」を口にしつつ、イザックはルキウスの顔をしげしげと見つめる。

(こんなに〝満たされた〟って顔をしたルキウス、初めて見たな……)

ていうか、やたらポヤンとしてる。周囲を漂う幸せのオーラは可視化できるほどだ。

とてもじゃないが、今のルキウスは氷のようだとか揶揄《やゆ》される男には見えない。

(例えるならピンク色の綿雲みたいな……いやコレ分かりにくいか?)

それならば仕事の速度もさぞ落ちるのだろうと思いきや、いつも以上にペンを動かす手は素早く、書類を捌く手はしなりすぎて目にも留まらないほどだ。

どうやらルキウス・アルヴェインという男、幸福であればあるほどに仕事もはかどるタイプらしい。才能マンすぎる。

「そういえばルイゼ嬢に夜会の招待状は渡せたんですか？」

「無論だ」

思い出したようにイザックが問うてみれば、ルキウスがキリッとした顔で首肯する。

「ルイゼにとってはひどい目に遭わされた舞台でもあるからな……当日は彼女の傍を一時も離れずに俺が付き添うつもりだ」

（保護者か！）

「まぁそれならルイゼ嬢も安心でしょうけどね」

「帰りも屋敷まで送ろうと思う。というより行きも迎えに行きたい」

（過保護か！）

「さすがにパーティーの主賓《しゅひん》なんだから、そこらへんは自重してくださいよ？」

「……ふん。分かっている」

（子どもかー！）

本当に、ルイゼ・レコットのこととなるとルキウスの表情は面白いくらいに変化する。

そのことを、この数日間でイザックは実感していた。

「しっかし、第二王子とその婚約者は招待しないとは。裏でイロイロ言われちまうんじゃないですか？」

「構わない。取るに足らない弟だ」

（ルイゼ嬢以外だと、肉親にも無関心なのは相変わらずだけどな）

ルキウスとフレッドは外見こそあまり似ていないものの、正真正銘、実の兄弟だ。

銀髪碧眼のルキウスは王妃に、金髪碧眼のフレッドは国王によく似ている。四人で並べば、血の繋がった家族だというのは明らかだ。

だが年の離れた弟であるフレッドと、ルキウスはほとんど交流したことがない。

ルキウスが十六歳、フレッドが六歳の頃に本人が留学に旅立ったこともあり、兄弟としての認識に乏しいのだろう。

ルキウスはフレッドに対して無関心だし、フレッドのほうは、できの良すぎる兄に対して勝手に敵愾心《てきがい》を燃やし続けている。

その結果、最近になって公職を得て公務にも取り組んでいるそうだが……あまり良い噂は聞かない。

（ルキウスが相手だと勝負の土俵にも立てない、っていうのはかわいそうではあるが）

これ以上フレッドの話をしても身も蓋《ふた》もない結果になりそうなので、イザックは一旦咳払いをして場を仕切り直した。

フレッドのことよりも、今日は改まって報告すべき事柄がある。

事務官たちには一時的に部屋を退出してもらってから、イザックは改めてルキウスに告げた。

「それでレコット家に関する調査の報告なんだが」

ルキウスに負けず劣らず多忙の身であるイザックだが、与えられた数日間で調査は終えていた。

情報の精度についてもできうる限り高めてはいるが……噂の域を出ない話なども加味しているので、どうしてもその点には限界がある。

（そこは、ルキウスも承知の上だろうが）

「分かった。聞こう」

そして、イザックの報告を黙って受けたルキウスは——その最後に、口を開いた。

「そうか」

それを聞いたイザックは拍子抜けする。

「『そうか』って……それだけか？」

「大体のところは予想通りではあったからな」

淡々と返してくるルキウス。

至って冷静な様子は冷たささえ感じるほどだ。

しかし付き合いの長いイザックには、敏感に感じ取れた。

（——これ、間違いなくキレてるな）

ルキウス・アルヴェインは——怒っている。

表情自体が静かだからこそ、一見すると落ち着いているように誤解するのだが。

美しい碧眼のその奥には、憤怒の炎が静かに燃えている。

誰彼構わず焼き尽くさないと気が済まないほどの激情が、そこに燻《くすぶ》っている。

怒りの矛先が向いているのは、リーナ・レコットか、その父親か。

……あるいはルイゼ・レコット本人なのか。

それとも、ルキウス自身なのか。

（……コイツの場合、ラストかな）

これで無駄に自嘲《じちょう》に走らないのはルキウスの長所ではある。

だが、兄貴分として心配なのも事実だ。

ルキウスの能力を心配しているわけでも、見誤っているわけでもない。

その逆だ。ルキウスを信頼しているからこそ、目を離してはならないという気持ちになる。

（「頼りにしろ！」なんて言っても、大人しく言うこと聞くタマでもないしなぁ）

「しかし、ルイゼがそのような一方的な契約に従った理由が分からない」

ルキウスが不可解そうに呟いたので、イザックは「あー……」と頭を掻いて付け加える。

「それについては……直接的に関係あるかどうかまでは掴めなかったんだが、十年前にレコット家をひとりの侍女が辞めてるんだよな」

「侍女？」

その後、イザックはその件についていくつか分かっていることだけを伝えた。

すると机に肘をつき、手を口元に当てるルキウス。

考え込むときのルキウスの癖が出たので、しばらく部屋を出ていようと思ったイザックだったが
……そこで悪戯心《いたずらごころ》が芽生えた。

というのもいつも通りの面白みのない無表情になってしまったルキウスの、珍しい顔を見たくなったたけかもしれないが。

「そういえば昨日の話だけどさ、ルイゼ嬢とイチャイチャはできたのか？」

「お前は馬鹿なのか？」

真顔で訊かれ、イザックは「なんだと！」と口を尖らせる。

「オレはこう見えてそれなりに頭が良いお兄さんだぞ」

「それは知っている。……イチャイチャかどうかは知らんが、昼食の食べさせ合いっこをしたな」

「へぇー。昼食の食べさせ合いっこか」

それだけ言うと、また考えるポーズに戻るルキウス。

やっぱり邪魔になるかと執務室を出ようとしたイザックだったが、何か聞き捨てならない言葉が耳に届いたような気がしてもう一度立ち止まる。

（あれ、今コイツなんて言った？…………食べさせ、合いっこ？）

あまりにルキウスに似つかわしくない響きだったので、無意識に脳が理解を拒否っていたようだ。

退室しかけていたイザックは勢いよく引き返した。

「えっと……待ってくれ。それはつまりどういうことだ？」

「言葉の意味そのままだが。ルイゼが俺の食べているワッフルドッグをほしがったので、一口あげたんだ」

「……おう。それで？」

「そうしたらルイゼが「あーん」と言いながらアランチーナを差し出してきた。俺はそれを食べた。……美味しかった」

そこまでを聞き。

一拍おいて。

――――イザック・タミニールは、腹を抱えて大爆笑してしまった。

「……おいイザック。何を笑っている」

「ブッ、フフフ……⁉　いやそりゃ笑うだろ。これで笑わなきゃ秘書官失格だろ⁉」

「意味がわからん」

「うくくっくく……」

（やっべぇ、笑いすぎて涙まで出てきた）

濡れた目元を雑に拭いながら、イザックは思う。

（オレに分かるのは、明らかにルイゼ嬢はルキウスの食い物をほしがってないってこと）

絶対に違う。それだけは断言できる。

別にイザック本人はルイゼと面識があるわけではないが、ルキウスにワッフルドッグを差し出されたときのルイゼの衝撃と混乱と羞恥の表情が脳裏に浮かぶかのようだ。

（それと、きっとその仕返しでルイゼ嬢が「あーん」攻撃を仕掛けたってことだな。そして見事にルキウスに躾された、と……）

わりと他人に対して潔癖のきらいのあるルキウスが、そこまでの距離を許しているという時点で尋常ではないのだが。

（そもそも、あのルキウスに「あーん」させて、「あーん」したって時点で……）

――あまりにも大物すぎやしないか、ルイゼ・レコット。

「なんかオレ、ちょっと感動しちゃったかも……ルイゼ嬢、さすがルキウスが惚れるだけあるな。大したもんだわ」

「確かにルイゼは大した令嬢だが、また何かあらぬ勘違いをしてないか？」

「してないしてない。ぜんぜんしてないって」

（うわーっ、やっぱり早く会ってみてぇなあ、ルイゼ・レコット伯爵令嬢！）

イザックの希望が叶うのは、まだちょっぴり先のことだったりする。

第四章

ファースト・ダンス

ルイゼは夜会の入場口前にひとり立っていた。

今夜の会が執り行われる王宮の中ホール前だ。

ルイゼ自身、数えるほどだがフレッドのパートナーとして、このホールで開かれる晩餐《ばんさん》会や舞踏会に参加した経験がある。

そのどれもが、良い思い出とは言いがたいものだが……。

（あまり緊張しないで済んでいるのは、その経験のおかげかも）

今夜のルイゼの装いは白のヴィンテージドレスだ。

コバルトブルーの腰紐は、幾重にもフリルが重なったドレスの長い裾を上品に彩っている。

真珠を編み込んだ鳶色の髪の毛は頭の上でまとめ、前髪と後れ毛をコテで巻いている。

ミアたちは、並々ならぬ気合いと時間をかけてルイゼの支度に臨んでいた。

そんな風に、心配しながらも送り出してくれたミアたちや使用人たちの姿が頭の中に浮かぶ。

……すぅ、とルイゼは意識して息を吸い、吐く。

（それに、ルキウス様が——この先で、待っていてくれるから）

だから背を向けたくはない。

ルイゼは一歩ずつを、白銀のピンヒールで踏みしめるようにして進んでいく。

そして、階段を上りきった先で。

見間違えようもない人が、ルイゼの名を呼んだ。

「ルイゼ」

（…………ああ、ようやく逢えた）

ルキウスの顔を見た途端に、力が一気に抜けて筋肉のこわばりが解ける。

自分でも思っていた以上に、肩に無駄な力が入っていたようだ。

「ルキウス様」

ルキウスは小さく手を振ってくれた。

パーティーの主賓ともあろう方が、わざわざ入場口の外で待ってくれていたらしい。

申し訳なさと同時に、心強さが胸に光を灯す。

「ありがとうございます、まだ夜は少し冷えるのに」

「本当は家まで迎えに行くつもりだったんだが。……まぁ、折衷案《せっちゅうあん》だ」

（折衷案？）

小首を傾げるルイゼに、ふっ、と柔らかくルキウスが微笑む。

「ルイゼは毎日可愛いが、今日は一段ときれいだ」

「!!」

不意打ちを食らい、思わず赤面するルイゼ。

そんなルイゼの様を見つめて、ますます嬉しげにルキウスが表情を緩ませていて。

（こ、この前の魔道具店巡りのときから。……ルキウス様に遊ばれている気がする！）

ルイゼは化粧を崩さない程度に、熱い頬を押さえつつルキウスをじっと見上げる。

「ん？　なんだ？」

夜会用の漆黒のタキシードを着こなしたルキウスは、それはもうとびきりの格好良さだ。

反則級と言って良いと思う。そのせいで先ほどから、ルイゼの動悸もひどいのだ。

というわけで、そんなルキウスをじっと、じーっと穴が開くほど見つめ……ルイゼは言い放った。

（仕返し――ではなく、本心ですので！）

「ルキウス様も毎日格好良いですが、今日は一段とお美しいです」

……ほんの一瞬、ルキウスはポカンと間の抜けた顔をする。

「……それは褒めているのか？」

「心の底から」

「なら褒め言葉として受け取っておこう。君がくれるものならなんでも歓迎するが」

ルイゼは愕然《がくぜん》とした。

（……今日のルキウス様は、いつも以上に私に甘いかも……！）

というか、嫌み――にはまったく達していないルイゼの言葉に、むしろ嬉しそうな表情をしているような。

それでは行こうかと囁くルキウスと、ルイゼはほんのりと顔を赤くしたままそっと腕を組むのだった。

シャンデリアに照らされる中ホールの中には、すでに招待客のほとんどが集まっていた。

格式張った会ではないとルキウス自身が言っていたので、夜会自体はもう開始されているようだ。

壁際のビュッフェテーブルには美しく盛りつけられた料理の数々が並び、きらびやかな格好の男女が語り合っている。

（ルキウス様は、小規模な会だと仰っていたけれど……）

むしろルイゼが今まで参加してきたパーティーの中でも、一二を争うほどに人出が多い気がする。

しかしそれは、ルイゼ自身が予想していたことでもある。

おそらくこれでも、ルキウスは限界まで人数を絞ったのだろうということも。

――現在のアルヴェイン王国には、第一王子派、第二王子派と呼ばれるような明確な派閥は存在していない。

というのも圧倒的なまでに、第一王子派の貴族や諸侯《しょこう》が多いためだ。

つまり、第一王子派の勢力以外に、派閥と呼べるほどの規模の集まりがないのである。

その常人離れした美貌もさることながら、何より大きいのは、彼が開発した魔道具が世界中で使われ、文化の発展に寄与しているということだろう。

特にルキウスが十五歳の若さにして開発した【通信鏡《つうしんきょう》】は、文字通り世界を繋ぐ魔道具と呼ばれている。

本来は関わることもないような遠く隔たれた国同士が交流し、その王族同士が婚姻を結んだり。

二度と会えないはずだった家族が再会し、涙と笑顔を浮かべて数十年ぶりの会話を楽しんだり。

ルキウスの発明は、数々の奇跡の一助となったのだ。

国内では十年間も国に不在であったにもかかわらず、ルキウスを支持する声は止まない。

周辺諸国では、もはやそれ以上にルキウスの人気は高く……この現状で、ルキウス以外の人間を王位に就かせるメリットはない。

他の人間を支持するには、彼の味方が多すぎるのだ。

（フレッド殿下は、自分が王位を継ぐのもやぶさかではない——というようなことを、何度か漏らしてはいたけれど）

いま、こうして招待客を見回すだけでも理解する。

実際にフレッドが玉座に就く可能性は、ルキウスが健在な限りは万に一つもあり得ないだろう、と。

「ルイゼ？」

ルキウスが、動かないルイゼを不審に思ってか声を掛けてくる。

はっとしたルイゼは、慌てて言い繕った。

「いえ、その……若い女性の方が多いですね？」

世間話のつもりでとっさに出た言葉だったが、ルキウスはそれを聞いて一気に渋い顔つきになってしまった。

「パートナーには夫人を選ぶよう招待状に記載すれば良かったな」

（ああ……）

今さら、その理由にはっきりと思い至るルイゼ。

ルキウスは若々しい外見だが、二十六歳の青年だ。

この年齢で婚約者や特定の相手の居ない王族というのは、ないとは言い切れないがかなり珍しい部類に入る。

ルイゼと同世代、もしくはそれよりも若い年代の少女が何人もこちらを熱い眼差しで見ているのは、どう考えても――王族であるルキウスに見初められる、そのためだ。

今日の夜会は立食会とダンスパーティーを兼ねてもいるから、彼のダンスの相手を射止めるために水面下での戦いが繰り広げられているらしい。

先ほどからルキウスは、彼女たちが目に入らないかのように旧知の仲らしい男性たちとばかり挨拶を交わしているが。

(……みんな、キラキラしていて綺麗)

外見を美しく着飾り、愛らしく頬を染めた少女たち。

しかし、彼女たちの兄弟や父親、あるいは祖父である紳士たちの姿を目にすると、ルイゼはどうしても考えてしまうことがある。

うらやましさと、寂しさが去来するのだ。

(私は、結局一度もお父様にエスコートいただいたことはなかった)

母が生きていた頃、父はとても優しい人だったと思う。

『大丈夫だよ、ルイゼ。ルイゼのことはパパがいつだってエスコートしてあげるから』

社交性に乏しいルイゼがいずれ来たるべきパーティーへの参加を嫌がると、必ずそんな風に言って微笑んでくれた。

だが、それが叶ったことはついぞなかった。

今となっては遠すぎる思い出だ。

「――ルキウス殿下。そちらのご令嬢は……」

その一言に冷や水を浴びせられたように、ルイゼの意識が現実に戻る。

（……駄目だわ。また、考えごとを）

恰幅《かっぷく》のいい中年男性が、ルキウスとルイゼを交互に見ている。

その後ろには、その男性の娘だろう、華やかな装いの茶髪の女性が微笑んで立っていた。

それだけではない。彼の横、後ろ、否、あらゆる方向から――何百人もの人々が、ルイゼのことを見つめている。

ルイゼを守るように傍らに立ち、ルキウスが言い放つ。

「ああ、紹介しよう。彼女は俺の友人であるルイゼ・レコット伯爵令嬢だ」

周囲に、声量が抑えられた――それでも、小さなどよめきが広がっていく。

それは決して歓迎的なものではない。

異物を見る目、好奇の眼差し、ヒソヒソと囁《ささや》く声……。

慣れていたはずのそれらが、今のルイゼにはつらく感じられる。

どうしてだろう、と考えて、すぐにその原因に気がついた。

（最近の私は――とても、幸せだったから）

十年ぶりに、憧れの人であるルキウスと再会して。

彼と出掛け、彼と語らい、彼と多くの時間を過ごしたから。

（でも、だからこそ……なんでだろう。身体の底から、力が湧いてくるみたい）

だって、そんなルキウスが友人だと公の場で紹介してくれたのだ。

これ以上に光栄なことなど、きっとこの世の中にはないだろうとさえ思える。

（……さぁ。ゆっくり呼吸をして、落ち着いて）

ルイゼは一呼吸を置くと、スッと前に歩み出て――スカートの裾を引き、美しく礼をした。

「こんばんは、皆様。ルイゼ・レコットと申します、以後お見知りおきを」

（……うん、大丈夫！）

我ながら完璧だ。

安堵しながら姿勢を戻すと――なぜかルイゼの目の前に、一人の女性が進み出てきていた。

目を丸くするルイゼ。誰かと思えば、それは先ほど中年男性の後ろに立っていた茶髪の女性だ。

年の頃はルイゼより上……二十歳くらいだろうか。

彼女はにっこりと笑うと、大きく口を開けて叫ぶように、ルイゼに向かって言い放つ。

「『――、……――っ！　――？』」

ルキウスの眉がぴくりと跳ね上がる。

彼にはすぐに分かった。それはアルヴェイン王国から南にあるエ・ラグナ公国――そこに住む少数民族が用いる公用語ジャライア語だった。

無論、今日の夜会にジャラ民族と縁のある人間は招いてはいない。

明らかにルイゼに対する嫌がらせだ。その証拠に、無礼な言葉を吐いた女性はニヤリ、と笑ってみせていたからだ。

そしてきょとんとするルイゼの顔を見て、興味深そうに、あるいは突如《とつじょ》として始まった見世物を面白そうに眺める貴族たち。

実際のところ、ルイゼは知りようのないことだったが、社交界ではルキウスとルイゼの関係は噂の的となっていた。

帰国したルキウスが時間を作っては会いに行く令嬢が居るのだから、それが噂になるのは自明の理ではある。

そしてその相手が、第二王子に婚約破棄されたばかりの伯爵令嬢となれば――嫉妬とやっかみの対象、それにゴシップのネタにされるのは、当然のことではあった。

沈黙するルイゼを見て、中年男性が笑いを押し殺しながらも心配そうな口調を取り繕って問う。

「おや、どうかされましたかルイゼ・レコット伯爵令嬢。娘の挨拶を無視するなんて……ああ、もしかしてですが、娘の言葉の意味が理解できなかったとか……？」

「……おい」

苛立ちを見せたルキウスが、二人の間に割り込もうとする。

しかしそれよりも先に、ルイゼは口を開いた。

流暢《りゅうちょう》な発音で、こう返したのである。

「『ええ、そうですね。仰るとおり、私は第二王子に婚約を破棄されたルイゼ・レコットですよ』」

無能令嬢と蔑まれた令嬢の本当の能力が、人々の前で露わになりつつあった。

◇◇◇

「『アンタが、第二王子に捨てられた無能で間抜けなルイゼ・レコットねっ！　近くで見るとますますバカっぽいのね？』」

ルイゼは呆気にとられていた。

それはなぜかといえば――目の前の女性の言葉の意味が分からなかったからではない。

分かったからこそ、心底驚いていたのだ。

（ジャライア語……この国にも話せる方がいるのね！）

エ・ラグナ公国の外れにある部落、ジャラ。

そこに住む人々はジャラ民族と呼ばれ、獣を狩り、野山を駆けまわる生活を送っているという。

なぜ彼らの使う言葉をルイゼが理解できたかというと、それはルイゼがジャライア語のみを使って書かれた物語を五冊ほど読みふけったことがあるからだ。

丁寧な解説書などあるわけがないので、もちろん全て独学で。

アルヴェインの公用語とは似ても似つかぬ複雑な言語体系なのもあり、最初の一冊を読み解くには数週間もの時間を要した。慣れてくると存外楽しいものだったが。

それを思い出すと、ルイゼは初対面だろう目の前の令嬢に親近感を覚えてしまう。

(もしかしてこの方も、私と同じように独学で学ばれたのかしら)

彼女と、その父親がジャラ民族でないのは明らかだ。

なぜならば、ジャラ民族は生まれつき浅黒い肌と、金色の目を持つ種族とされているので、目の前の二人の身体的特徴とは明らかに違う。

――何はともあれ、人前でジャライア語を実践する良い機会である。

ルイゼは笑顔で口を開く。

「『ええ、そうですね。仰るとおり、私は第二王子に婚約を破棄されたルイゼ・レコットですよ』」

すると……目の前の彼女の表情が一変した。

得意げな顔つきだったのが、次の瞬間には目を剥いて愕然としている。

数歩後ずさると、父親の服の袖を夢中で引っ張るが……父親の方もなぜか蒼白な顔色をしていて、身動き一つ取らなかった。

(あら……? 反応が悪い?)

対するルイゼはといえば不安になっていた。

もしかして、発音が甘い? 何か単語の選択を誤っているとか?

(えっと、ジャライア語は舌を歯の前列に当てて、力強く押し出すようにして発音するはず……)

大丈夫だ、特徴はしっかりと覚えている。他にいくつか覚えている公用語と混じったりはしていないはずだ。

ルイゼは再度、にっこりと柔らかく微笑むと、硬直する令嬢に向かって話しかける。

「『よろしければ、まずあなたの名前を教えていただいてもよろしいでしょうか?』」

「え⁉ えっと……その……」

「『ジャライア語で構いませんよ。言葉は理解できていますから』」

「あ……あ、い、いえ……私……」

しかし令嬢の方は狼狽《うろた》えるしかない。というのも、彼女にはルイゼがぺらぺらと美しく話す言葉の意味など、かけらも理解できなかったからだ。

ただ、ルイゼを嘲笑《あざわら》うためだけに、挨拶代わりの無礼な言葉だけを頭にたたき込み、必死にそれだけを毎晩練習してきたのである。

それ以外の単語も、言葉も、何一つとして彼女は知らない。

否、そもそも――失礼極まりない発言の意味を、ルイゼ本人があっさりと聞き取ってしまうなど想定外だったのだ。

そんなことにはまったく思い至らないルイゼは、心配になってきてさらに問いかける。

「『お加減が悪いのですか? お二方とも顔色が優れないようですが、』」

「『――ルイゼ。そのへんにしておいてやれ』」

そこに滑らかに、話しかけてきたのはルキウスである。

ルイゼが振り向くと、ルキウスは肩を震わせて口元を覆っていた。

……途端にジトっとした目つきになるルイゼ。

「『どうしてそんなに笑ってらっしゃるのです、ルキウス様』」

「『君が俺の予想の、遥か斜め上をいくものだから』」

「『……褒めていただいてます？』」

「『これ以上なくね』」

「『……それならば、褒め言葉として受け取りますが』」

軽口を叩き合う二人のことを、その言葉の意味さえ分からないながらも――周囲の人々は唖然として、あるいは驚嘆の眼差しで見遣《みや》る他ない。

冷たい人柄で知られるルキウスが楽しげに表情筋を緩めている様も、驚愕と共に人の目を集めたのは間違いなかったが……特に注目を浴びているのはルイゼだった。

それこそ今まで無能と蔑まれてきた少女が、なんでもないかのように、この場に居るほぼ全ての人間が理解できない他国の難解な言語を使いこなしているのだ。

ルイゼ・レコットを馬鹿で間抜けな令嬢だと信じ切っていた人々にとっては、衝撃以外の何物でもない。

そして――ようやく笑いが収まったらしいルキウスが、打って変わって冷たい双眸で、騒動の元凶となった二人を見下ろす。

「それとモルド子爵。どうやら俺の説明が不足していたようだが、俺にとってルイゼは友人以上の大切な存在だ。……この意味は分かるな？」

あまりの迫力に、ビクリッ、と子爵とその娘が揃って縮み上がる。

それからモルド子爵は……貴族としての意地なのか、冷や汗まみれになりながらもどうにか口を開いてみせた。

「……重々、理解しました。せっかくの夜会の場を騒がせて申し訳ございませんでした、殿下。……レコット伯爵令嬢も、とんだ無礼をいたしました。どうかお許しいただきたい」

「だ、そうだが。……どうだルイゼ？」

ルキウスに訊かれても、ルイゼはといえばなんで謝られるのだろう、と不思議に思うばかりだったが……とりあえず、こくりと頷いておく。

すると子爵は明らかにほっとした顔になり、ほとんど泣きそうになっている娘を連れて壁際まで退散してしまった。

ルイゼは、ほんの少し残念に思いつつその後ろ姿を見送る。

（もうちょっと、ジャライア語でお話ししてみたかった……）

そんなルイゼの考えていることを察知してか、ルキウスが言う。

「君の発音は驚くほど完璧だったぞ。安心していい」

「ルキウス様にそう言われましても……素人愛好家レベルですし」

「何を言う。まさか君がジャライア語まで習得しているとは、さすがに予想外だったぞ」

（それはこちらの台詞です！）

ルキウスがスラスラとジャライア語を喋り出したことのほうが、ルイゼにとってはよほど驚きだ。

(ルキウス様って、何か弱点とかあるのかしら……?)

密かに首を傾げたとき。

タイミングを見計らったように、ワルツの前奏が流れ出した。

中ホールの奥に設けられた舞台には、豪華にもオーケストラの一団が揃っている。

ホールに入場した当初はBGM代わりに静かな音楽を奏でていたのだが、いよいよ本格的にダンスの時間が始まるようだ。

だが、ルイゼには演奏に気を取られる暇はなかった。

ルキウスが突然、ルイゼの目の前に跪《ひざまず》いたからである。

黒い手袋をした右手が、惚けるルイゼに向かって差し出された。

「俺と踊ってくれるか、ルイゼ」

「…………!」

(そうだった。今夜の私のパートナーは、ルキウス様!)

決して、失念していたわけではないが……今さらながらルイゼは緊張してきた。

というのも、

「……私、今までどなたとも踊ったことがないのです」

周囲に聞かれないよう、ほんの小さな音量でルイゼが囁くとルキウスが目を見張る。

(恥ずかしくて、事前にお伝えすることができなかった――)

化粧が崩れない程度に、ルイゼは唇を噛む。

（フレッド殿下とも、一度も踊った経験がないだなんて）

本来ならあり得ないことだ。

女性の本格的な社交界デビューは十五歳と決まっている。

ルイゼは現在十六歳だから、この一年間、何度か王族の婚約者として舞踏会に招かれたこともあった。

しかしフレッドとは一度も踊っていない。

というのも彼は、婚約者であるルイゼをそっちのけにいつもリーナをダンスの相手に誘っていたからだ。

ファースト・ダンスは婚約者と踊るものと決められている。

しかしルイゼは一度も、ファースト・ダンスを踊れず――そんな惨めな壁の花に、婚約者であったフレッド以外の男性から声が掛かるはずもなかった。

（リーナの替え玉としてなら、名前しか知らないような相手と何度か踊ったことはあるけれど）

そんな人間が、どうしてルキウスの手を取れるだろうか。

情けなくて、俯くルイゼだったが……そんなルイゼの耳元に、低く心地の良い声音が届く。

「それならば尚更。――俺は、君と踊りたい」

ルキウスの細められた灰簾石《タンザナイト》の瞳が、まっすぐにルイゼのことを見つめていた。

それから、内緒話をするように声を潜めて。

「念のために伝えておくと、実は俺もダンスの経験がない」

「……えっ⁉」

「公式行事の場ではな」

最後の一言は、悪戯っぽく。

驚きと共に見つめ返すルイゼを、ルキウスは優しい眼差しで見ていた。

「お互いに正真正銘、今夜がファースト・ダンスというわけだ。それなら遠慮はいらないだろう？」

「……ルキウス様」

「この手を取ってくれるか、ルイゼ」

（ああ、そんなの……断れないに決まっています）

今度こそ迷わず、ルイゼはそっとルキウスの手を取った。

「……はい、喜んで」

骨張った男の人の手と、自分のそれを重ねる。

ワルツの主題が始まり、爽やかなヴァイオリンの弦の音が気分を高鳴らせていく。

広々としたホールの中央にルキウスとルイゼが躍り出る。

最初に踊るのは主賓のルキウスと、その相手役のルイゼだけだ。

周囲から、数え切れないほどの視線と注目を浴びながらも――ルイゼは、落ち着いてステップを踏んでいた。

（ウィンナ・ワルツ『息吹く風』……耳に馴染んだ曲で良かった）

王子妃教育の一環としても、最も練習する曲の一つだ。

動きを刻み込まれた身体はキチンと動いてくれる。

相手役のルキウスが、ルイゼが動きやすいように誘導してくれているのも大きかった。

（リードがとてもお上手……）

本当に初めてなのか疑ってしまうほど、ルキウスの動きは優雅で、気品さえ感じられる。

周りの令嬢たちのみならず、年若い男性たちまでルキウスに気を取られてポーッと頬を染めているくらいだ。

これほどまでの美形となると、男女関係なく魅了してしまうらしい。

（あれ？　そういえば……先ほどルキウス様が、何か不思議なことを仰ったような）

くるり、とドレスの裾を翻《ひるがえ》して回転しながら、考え込むルイゼ。

ジャライア語のことに夢中で、あのときは考えている余裕がなかったのだ。

（そうだわ、確か私のことを――友人以上の大切な存在、って……）

その瞬間だった。

――ぼそり、と耳元に吐息が吹き込まれた。

「……こんなときにまで考えごとか？」

「……っ！」

驚きのあまりルイゼの肩がびくりと跳ねる。

（ち、近いっ。踊っているから当たり前なんだけれど……！）

今さらながら、腰に当てられた大きな手に意識がいってしまう。

初心《うぶ》な反応に、ルキウスはおかしそうに微笑んだ。

「それにしても、君はダンスも得意なんだな。本当に俺が初めてか？」

身体同士が密着するタイミングを見計らって、ルキウスが話し掛けてくる。

妙に色っぽい吐息で頭上から囁かれるので、ルイゼはそれだけでドキドキしてしまった。

「……お伝えした通りです。ルキウス様こそ、初めてとは思えないくらいリードがお上手でいらっしゃいます」

（やっぱり先ほどの発言は、私を気遣って？）

しかしルキウスは、ルイゼの言葉には「そうか」と眉を下げて笑うだけだった。

次第にワルツのテンポが速まって、オーケストラの演奏の勢いが高まっていく。

曲の終わりが近い合図だ。ルイゼもルキウスと呼吸を合わせ、くるりと身体を回転させる。

そうして、一曲目のワルツが終わりを迎える。

（良かった……ちゃんと、最後まで踊り切れた）

ふぅ、とようやく一息を吐くルイゼ。

手を取り合い向かい合ったままの体勢で、ルキウスがほのかに笑う。

「楽しかったな」

「……！　私も――私も、楽しかったです」

離れる手が、ほんの少しだけ名残惜しかったが。

万感の思いで、ルイゼはルキウスに告げる。

「こんなに楽しい夜会は、本当に――初めてです、ルキウス様」

それを聞いたルキウスは、「そうか」と嬉しそうに口端を緩めた。

今まで、ルイゼにとってパーティーの類いは全て苦痛でしかなかった。

フレッドに蔑ろにされ、リーナには嘲笑われる、そんな惨めな晒し者にされる舞台でしかなかった。

それなのに、ルキウスはそんな思い出もぜんぶ丸ごと塗り替えてしまったのだ。

（ふわふわ、夢心地な感じがする……）

そのせいか、足元が少し覚束ない。

それさえも幸せの証のように思い、幸福な気分に浸るルイゼだったが……やがて、周囲の様子が少しおかしいのに気がついた。

というのも、

（ど、どうしてだろう。やたらと周りの方から視線を感じるような……）

しかも、つい先ほどまでの異端なものを見る目とはどこか違う。

どこか、キラキラした眼差しというか。浮ついたような気配というか。

（気がつかないうちに、何か失態を犯してしまった……⁉）

助けを求めているのを感じ取ったのだろうか。

じっとルイゼが困った顔で見上げていると、ルキウスがすぐに気がついた。

自意識過剰かもしれないが、ルキウスに訊けば分かるかもしれない。

そう思いルイゼは口を開いた。

「あの、ルキウス様。妙に他の方々から、視線を感じるような気がして……」

するとルキウスは、なぜだか嬉しそうに笑みを浮かべて。

「ああ、それはだな――」

しかしそのときだった。

閉まっていたはずのホールの扉が、バン！　と大きな音を立てて開かれる。

何事かと周囲の人々が目を向ける。それから、大きなざわつきが波のように広がった。

そんな中、ルイゼもどうしたのかと目を向けて――それから、唖然としてしまった。

（どうして………？）

視線の先。

入場口に立っていたのは――リーナとフレッドだった。

「リーナ……フレッド殿下……？」

（なぜ、この二人がここに？）

思いも寄らない人物たちの登場を前に、動揺するルイゼ。

しかし入場口に得意げな笑みを浮かべて立っているのは――間違いなくリーナ本人だ。

顔面には濃く化粧を施し、胸元が大きく開いた華美な装飾の深紅のドレスを身にまとっている。

それでもその容姿は、ルイゼとまったく同じもので。

リーナは艶然とした笑みを浮かべ、大きくはしゃいだような声を上げた。

「あら、皆様ごきげんよう！　パーティーは順調に盛り上がっているようですわね」

不測の事態を前にいつのまにか次曲の前奏は止まり、ホールには静けさが満ちていた。

それに気づかずに、ごきげんよう、ごきげんようと愛想を振りまきながら、ルキウスの立つホールの中央まで進み出てくるリーナ。

その後ろを、どこかおろおろとした様子でタキシード姿のフレッドがついてきていた。

周囲の人々はヒソヒソと囁き合いながら、そんな二人に道を空ける。

第二王子とその婚約者に対する計らいというよりは、「関わりたくない」という声が聞こえてきそうなほど露骨に。

しかしそれを感じ取ることなく、リーナは勢いよく歩いてきて――かと思えば、ぴたりと急停止した。

「えっ…………ル、ルイゼ⁉」

ようやくルイゼの存在に気がついたらしいリーナが、目を大きく見開く。

「は？　ルイゼだと？」

リーナの声に、遅れてフレッドも反応する。

しかし彼が再び口を開く前に、リーナがヒステリックに叫んだ。

「なっ、なんでこんなところに――これはルキウス様の帰国を祝う記念すべきパーティーですわよっ！　お姉様のような人間が勝手に参加するなんて、許されることじゃありませんわっ‼」

（……何を言っているの？）

呆気にとられるルイゼ。

そもそも、招待を受けていないのはリーナやフレッドのほうだ。

ルイゼはルキウス本人から正式な招待を受けて、この場に参加している。リーナに糾弾《きゅうだん》される理由など一つもない。

「招待客以外の人間は入れるなと再三伝えてあったが……」

不機嫌そうに呟くルキウス。

それから彼は、傍らのルイゼに小声で囁いた。

「ルイゼ、不快な思いをさせてすまない。すぐに衛兵に引っ張り出させる」

「……いえ。私は大丈夫ですルキウス様。それよりも、妹が申し訳ございません」

ルイゼは頭を下げた。

きっとリーナはフレッド本人や、王族の婚約者としての権力を笠に着て、無理やりこの場に押し入ったのだろう。

(警備を担当する方々にも、ひどいご迷惑を掛けてしまった……謝罪だけじゃすまないわ)

悄然《しょうぜん》とするルイゼの肩に、「君が気にすることじゃない」とルキウスがそっと手を置く。

そうして二人が親しげに——まるで恋人同士のような距離感でやり取りを交わす姿に、リーナもフレッドも少なからず驚いている様子だった。

ルキウスとルイゼの顔を交互に見遣りつつ、苦笑するリーナ。

「え、えぇっとぉ……ルキウス様？」

しかしルキウスの反応は素っ気なかった。

「どこの誰か知らないが、お前に俺の名を呼ぶ許可を与えたつもりはない」

目線すら向けず冷たく退けるルキウスに、リーナが軽く瞠目《どうもく》する。

ルキウスは、初対面で名乗らないリーナにそれ相応の態度を返してみせたのだ。

対するリーナは、表面上は動じずに満面の笑顔を作ってみせた。

「うふふ、失礼いたしました。わたくしはリーナ・レコットと申します――フレッド様の新たな婚約者の、リーナですわ。以後お見知りおきを」

「そうか」

まるで興味がなさそうなルキウス。

リーナの唇の端が、ひくっと引き攣《つ》る。

「……あの、殿下ぁ？」

舌っ足らずにルキウスに呼び掛けながら、ちらっと、リーナが横目でルイゼを見る。明らかな笑みの気配を滲ませて。

ルイゼはいやな予感がした。

「留学していた殿下はご存じないかもしれないので、念のためお伝えしておきますけど――そこに突っ立っているルイゼは、もともとフレッド様の婚約者だったんですよ？」

「それがなんだ？」

「何って、ですから……姉は不真面目で、魔法学院の授業も欠席してばかりで……それで王族の婚約者には相応しくないと婚約破棄されたんです」

（……ああ、また始まった）

ルイゼは静かに、唇を噛みしめる。

いつもこうだ。ルイゼの居るところでも、居ないところでも、ルイゼが愚かで間抜けな女だと知らしめるために――こうしてリーナが触れ回る。

今までは、ひたすら耐えてきた。やめてと頼んで承知するような妹ではないから。

だが……ルキウスを相手にそんな話をされるのは我慢ならない。

「リーナ――」

「でも……ルイゼ様のジャライア語？　でしたっけ。本当に素晴らしかったわよね」

しかしルイゼが口を開いた直後だった。

招待客の中からだった。誰かが、そんな言葉を呟いたのだ。

思いがけずホール内に大きく響き渡った声の主は、ひとりの令嬢だった。

彼女は注目されているのに気がつくと、赤い顔で口を噤むが――その周囲でも、何人もの人間が家族や友人とひそひそと会話を交わしている。

「ダンスもすごくお上手でしたし」

「悔しいですが、殿下とお似合いでしたわよね」

「なんというか、ルキウス殿下が夢中になるのも致し方ないというか」

「僕も、その、実はちょっと見惚れてしまったよ」

「そもそも本当に、ルイゼ・レコット伯爵令嬢は無能令嬢なのか……？」

「な、なんなのよ、一体……」

周りの様子が普段と違うのに気がついたリーナが、怯えたように辺りを見回す。

驚いているのはルイゼも同じだった。こんなことは、今までに一度もなかったからだ。

戸惑うルイゼだったが、その隣で誇らしそうに――ルキウスが口端を上げる。

「君が使いこなした外国語も、ダンスの腕前も素晴らしかったと。皆、そう言っているんだ」

「……私の言葉や、ダンスが？」

「そうだ。ルイゼのことを讃《たた》えている」

（私のことを？）

それは間違いなく、称賛だと。正当な評価なのだと。

ルキウスがそう言い切る。ルイゼは信じられない思いで周りを見回した。

もちろん、その中には嫉妬や憎悪に近い感情だってあるはずだ。

ルイゼのことを嫌っている人が居て、疎んじている人だってきっとたくさん居る。

しかしそれらは全て、他の誰でもなくルイゼ自身に向けられたものなのだと。

（……〝私〟を、見てもらえた？）

双子の妹より劣った愚かな姉としてではなく。

ただのルイゼのことを――見て、評価してもらえたのだろうか。

「り、リーナ。そろそろ……」

フレッドはすっかりこの雰囲気に萎縮《いしゅく》しているらしい。

リーナの腕を取ろうとするが、その手はリーナ自身によって振り払われた。

「……わたくし、今とても喉が渇いていますの」

空いた右手を宙にぶら下げる。

その仕草に、壁際に下がっていた給仕の一人が慌てた様子で近づいてくる。

招かれざる客であっても、リーナは王族の婚約者という地位にあるのだ。

銀製のトレイの上に目をやったリーナは、紫色のぶどうジュースの入ったグラスを無造作に掴む。

次の瞬間、誰かが小さな悲鳴を上げた。

「あら」とわざとらしくふらついたリーナの手元から、そのグラスの中身が勢いよく投げ出されたからだ。

その先に立っていたルイゼは、目を見開いたまま反応できずにいた。

にやり、とリーナが笑った顔だけが脳裏に刻まれる。

（あ――、）

時間としては、一秒にも満たない間の出来事だった。


――バシャッツ！　と激しい音を立てて、飲み物が飛び散る。

立ち尽くしていたルイゼに――では、ない。
頭の上からドレスの裾にかけて、全身にジュースを食らったリーナが……呆然とその場に立っていた。

「……はぁっ……!?」

色合いの変わった鳶色の髪の毛から、ボタボタ、と紫色のジュースがこぼれ、リーナの顔面を伝う。

目尻のアイラインは溶けていき、無惨な有様になっている。

リーナほどではないが、足元にぶどうジュースを少しだけ浴びたフレッドも「うわっ」とその横で悲鳴を上げていた。

そしてそんな状況で、ルイゼだけは……迷わずルキウスを見上げていた。

(…………風魔法！)

代々、風魔法の高い素質を持つとされる王族だが。

ルキウスが使用したのはあまりにも高度な術で、そもそもそれが〝魔法〟だとルイゼ以外に見抜けた者は居なかったはずだ。

(おそらく、風魔法で私の周りに防壁のようなものを事前に作っていて……でも、それだけじゃないわ。角度をリーナとフレッド殿下だけに絞って、反射させた？)

そんな風に限定的に魔法を発動できるなんて、聞いたことがない。

ルイゼだけが気がついたことを、ルキウスも察知したのだろう――彼はルイゼにだけ分かるように微笑みをこぼしてから、リーナの方を胡乱《うろん》げに見遣った。

「大丈夫か、リーナ・レコット伯爵令嬢。……まさか自分で零したジュースを自ら浴びてしまうとは、災難だったな」

ルキウスのぞんざいな物言いに、周囲からおかしそうな笑い声が上がる。

実際に、多くの人の目にはそう見えたのだろう。リーナが勝手にふらつき、自分の頭の上からジュースをぶっかけた——そんな風に。

「〜〜〜……っっ!!」

屈辱の表情で、ぶるぶると震えるリーナ。

ギッ、と殺意の滾《たぎ》る瞳でルイゼを睨みつけると、リーナは低い声で言い放った。

「……わたくし、少し熱があるようです。本日はこれで失礼しますわ」

さっさと踵《きびす》を返すリーナに、フレッドが「リーナ!?」と裏返った声で叫びながらついていく。

最後に振り返って、何か物言いたげにルイゼを見つめてくるが……彼が実際に話しかけたのは、ルキウスだった。

「……兄上が、ルイゼを招待したんですか?」

「答えるまでもないことだが、そうだ」

ルキウスが答えると、フレッドは「……そうですか」と呟き、リーナを追い掛けていく。

入場口の扉が、再び閉じられていくのをルイゼは唖然と眺めていた。

(なんだったのかしら……)

まるで嵐のようだった。

一時はどうなることかと思ったが、ルキウスのおかげで、表向き最も円満な形でリーナたちは退出できたと言えるだろう。

衛兵につまみ出されるとなれば、これくらいの騒ぎでは収まらなかったはずだ。

それを思うと、ルキウスの機転には感謝してもしきれない。

「先ほどは庇っていただきありがとうございます、ルキウス様」

万感の思いを込めてルキウスにお礼を伝える。

すると悪戯っぽく、

「ぶどうジュースだけでなく、ドリアンジュースでも用意しておけば良かったな」

「ルキウス様ったら、もう」

冗談を言うルキウスにルイゼが眉を下げると、ルキウスが楽しげに笑う。

気を取り直すように、再びオーケストラはワルツを奏で始めていた。

咳払いと共に、手と手を取る男女たち。しかしその光景を見つめながら、ルイゼはどうしたものかと思っていた。

何せ、自分の双子の妹がジュースまみれになりながら去っていったばかりなのだ。

(さすがに、もう踊る気にはなれない……)

ルイゼと同じように感じていたのか。

「少し、バルコニーに出ようか」

ルキウスからの誘いの言葉に、ルイゼは一も二もなく頷いたのだった。

◇◇◇

バルコニーに出たルイゼは、風に当たってふぅと息を吐いた。

火照った身体に夜風が気持ち良い。

初めて公式の場でダンスを踊ったこともあってか、身体は自覚しない間に熱を持っていたようだ。

（……ここからだと、王都の全貌がよく見渡せる）

眼下には、広大な景色が広がっていた。

魔道具の光というのは、遠目にもまばゆく見える。

そのおかげか、高台のバルコニーから見下ろすと、小さな光の群れが集っているようで幻想的だ。

背後で奏でられるワルツの優雅な調べを楽しみながら、目を閉じていると。

「――先ほどは本当にすまなかった」

そんな声が聞こえて、ルイゼは「え？」と振り仰いだ。

ルイゼのすぐ隣にやって来たルキウスは手すりにもたれかかり、嘆息する。

「あの二人は来ない、と明言しておきながら……結果的に君を苦しめてしまったな」

（そんなこと、ルキウス様が謝るようなことではないのに）

そもそもリーナとの関係について、ルイゼからルキウスに詳しく話したことはない。

何を話そうにも、リーナの替え玉をしていたことを話さなければならないからだ。

しかしルイゼとリーナが不仲であることを、すでにルキウスは知っていたのだろう。

だからルイゼの心情を慮ってくれている。

（そういえば、私……リーナが居るのに、何も怖れていなかった）

今さら、そんなことに思い当たる。

いつもリーナを前にすると、ルイゼは恐怖で身が竦んでいた。

次は何をされるのか。

何を奪われ、何を失うことになるのか。

そんな風に怯えて、リーナのことをまともに見返すことさえできなかったのに——今日は、リーナとフレッドを見ても、心は不思議と落ち着いていた。

理由は自分でも分かっている。

(ルキウス様が、隣に居たから)

王都を照らすあの無数の光のように。

それよりも強い輝きを放つルキウスは、いつもルイゼの足元をそっと照らしてくれる。

手の届かない星の光。

それでいて、優しく射し込む月光のような。

(ルキウス様と居ると、私の目にも……いろんなものが輝いて見える)

「いいえルキウス様。私、ちっとも苦しくはありませんでした」

真意を問うように、ルキウスがルイゼのことを真正面から見つめる。

その中に、何かを期待するような色を見つけた気がして——ルイゼの肩が緊張のあまり震える。

それでも、彼に伝えたかった。

掠れた声音でどうにか、口にする。

「あなたの傍は――呼吸が、しやすいから」

一瞬、オーケストラの演奏が止む。

その瞬間だった。

「俺はルイゼのことが好きだ」

呼気が止まった。

もしかすると世界中の時間さえも同時に止まったのかもしれない、と思った。

（いま。……いま、ルキウス様はなんて言ったの？）

しかしそんなことはなくて。

メインパートへと突入して、金管楽器が一層高鳴る音が鼓膜へと響く。

恐る恐ると、ルイゼはルキウスを見上げた。

銀髪を風に靡かせたルキウスは、スゥ、と音を立てて呼吸を継ぐと――灰簾石《タンザナイト》の瞳をルイゼから逸らすことなく、続ける。

「……友人だと言っておきながら、裏切るようなことを言ってすまない。でも、今日のことでよく分かった。俺は君を――あらゆる脅威から、理不尽から、守りたいと思っている」

真摯な言葉を紡ぐ頬は、ほんのりと上気していて。

ルイゼを見つめる双眸はかすかに潤んでいて。

何かを切望するように、眉間に皺《しわ》が寄っていて。

「君は、俺をどう思う？　どう……思っている？」

ルイゼの唇が戦慄《わなな》いた。

そんなの。……そんなのは。

考えるまでもなく。

（――本当は最初から、気づいていていた）

ただ、気がつかない振りをしていただけだ。

（私は。私だって……………ルキウス様のことが）

そう叫べたら、どんなに良かっただろう。

それでも……ルイゼはどうしても、応えられなかった。

（言えない。言えるわけがない！　だって私は……）

リーナの替え玉として過ごしてきた過去を、ルキウスに知られたらと思うだけで手足が震えるのだ。

そんな状態で、どうしてルキウスに応えることができるのだろう。

こんなにまっすぐな告白を、受ける資格があるというのだろう。

顔を伏せ、唇をきつく噛み締めるルイゼに――やがて、ルキウスは凪《なぎ》のような声で言った。

「すぐには応えなくていい」

ルイゼは、涙の気配を静めてからどうにか顔を上げた。

ルキウスは微笑んでいた。彼の瞳に、ルイゼを責める色はなにひとつ浮かんではいない。

「だから、もう少し足掻《あが》いてもいいか？」

「……ルキウス様」

その名前を口にした途端、ルキウスがゆっくりと近づいてくる。

ルイゼは手を伸ばさなかった。彼がどうするのか気づいた上で、ただ逃げなかったのだ。

ルイゼの卑怯さを理解したはずなのに、それでもルキウスはルイゼのことを抱きしめた。

温かな体温が全身を包み込む。

「――君が嫌と言っても、聞いてやれないかもしれないが」

(それなら私は……一生、いやだと言えないかもしれません)

激しく脈打つ心臓の音を聞きながら、ルイゼはそっと目を閉じた。

ホールからは、しとやかなバラードの旋律が漏れ聞こえてくる。

ほんの数秒の間だけ抱き合って、ルイゼから離れると……ルキウスは眉を下げて微笑んだ。

「もう一曲、踊ろうか」

「……ここで、ですか?」

「ここでだからこそ、だ」

ルイゼは了承し、二人きりのバルコニーでダンスが始まった。

しばらく、会話はなかった。

何かを言おうと何度もルイゼは思ったが、その全てが嘘になるような気がしてなかなか口が開けない。

言えたのはたった一言だけだ。

「……私、まだルキウス様に言えていないことがあります」

「俺にも、あるよ」

その返事が真実かは分からない。

それでもルイゼの心を慰めようとする優しさが、堪らなく愛おしくて。

同時に涙が出るほど苦しくて、繋いだ腕にはますます力が籠もった。

(相応しくないと分かっているのに、それでも——傍にいたいだなんて)

自分はなんて、浅ましいのだろう。

なんてワガママなんだろう。そう心の中で自嘲する。

どこか物悲しいバラードと共に、夜会の夜は更けていった。

第五章

キャンドルに照らされて

夜会の翌日。

執務室の上空にだけ、暗鬱な雲がかかっているかのように……その部屋には、澱んだ空気が満ちていた。

というのも。

「ハァ……」

「ふぅ………」

「……ハァア…………」

この部屋の主が仕事をしつつも、時折ペンを止めては物憂《ものう》げな溜め息を何度も何度も吐いているからである。

その様子を小一時間ほど観察して——勘の良い秘書官、イザック・タミニールはおおよその事情を察した。

たぶん。恐らくだが。

(——コイツ、フラれてない?)

あのルキウスがここまで仕事に手がつかない様子を見せている以上、それ以外は考えられない。

(いやフラれるも何も、まだルイゼ嬢を好きってことを自覚してなかった気もするが)

昨夜の夜会で彼女と何かあったのだろう。

そういった付き合いの場を普段は嫌がるルキウスだが、昨夜だけは出掛ける前から支度を張り切っていたのだ。なんだかいっそ微笑ましくなるくらいに。

ちなみにイザック自身はといえば、残念ながら夜会に参加することができなかった。

というのも、全てはあのアホすぎる第二王子フレッドと、その婚約者のしでかした事柄のせいなのだが――用件が済んだ後に無理やり会場に顔を出してみたものの、目当てのルイゼ・レコットは帰宅したあとだった。

しかもイザックを無駄に忙しくした当の本人たちは、招かれてもいない夜会に突然現れ、場を荒らすだけ荒らして帰ったというではないか。

それを聞いたイザックはさすがにブチ切れかけた。

こちとらフレッド付きの従者や事務官たちに泣きつかれて、致し方なく手を貸してやったというのに。

(なんでお前らはノコノコ夜会に参加して、オレは余った食事を寂しく食ってんだよ！)

なんだよ、引き留めといてくれよと冗談交じりに文句を垂れるイザックに、ルキウスは遠い目をしていた。

『そうだな。俺も、引き留められるものならそうしたかったが』

などとしょげたような口調で言われれば、さすがにイザックも不審に思い黙るしかなかったのだが――その翌日がコレである。

(なんだろうなー。気持ちを自覚して勢いで告白したら、フラれたとか……？　それとももう別にルイゼ嬢には恋人が居たとか――いや、話を聞く限りそんな感じではなかったような)

むしろ少なからず、ルイゼはルキウスに好意を持っていたはずだ。

うむむ、と頭を悩ませるイザック。

しかしルキウスが目の前でかなり落ち込み、アンニュイになっているのは事実だ。

これでは仕事がはかどらないし、というより何よりも——イザックにとってルキウスは忠誠を誓った主君であり、そして実の弟のような存在でもあるわけで。

(兄貴分としてはさすがに、見て見ぬ振りはできねぇな……)

よし、励ましてやろう、とイザックは方針を決めた。

手始めに、ルキウスのほうを窺っては心配そうにしている事務官たちを執務室から追っ払うことにする。

ルキウスだって男だ。こんな話を大多数の人間に聞かれたくはないだろう。

「オラ、出てけ出てけ。用が済んだらまたすぐ呼ぶから」

またっすか、という顔をしながらも渋々と退室する事務官たち。

念のため扉の鍵も閉めてから、改めてイザックはルキウスに向き直る。

ごほんごほんと咳払いしてから。

「ルカ。一度の失恋くらいで、へこたれることはないからな」

そう呼び掛けると、数秒遅れてルキウスが顔を上げた。

冷静沈着で鉄面皮、普段からまったく隙のない美貌を誇るルキウスだが、今日ばかりはイザックを見るその目に疲労が色濃く滲んでいる。

イザックはルキウスの肩をばしばし、と陽気に殴った。

「むしろ男は失恋してなんぼだ。失恋するたびに強くなると言ってもいい。良い女との出逢いに感謝しながら、また次に行けばいいんだ。立ち直るには時間が掛かるかもしれないけどな」

そんなイザックの雑なアドバイスに、ルキウスが反応を示した。

「……おい。イザック」

「ん？」

「俺は別に失恋などしていないが」

（…………………え！　そうなの⁉）

推測が外れて驚くイザックに、さらにルキウスが続ける。

「告白の返答を保留にされただけだ。だから、俺はルイゼにフラれていない」

（え？　ルイゼ嬢、もしかしてルキウスのことキープしてる⁉）

さらっと爆弾発言を投下され、ますます衝撃を受けるイザック。

一国の王子をキープするなど並大抵の貴族令嬢にできることではないが。

とかいろいろ失礼なことを考えるイザックだったが、どうやらその理由はまったく違ったらしい。

「……言えていないことがあるから、と言っていた。おそらく、家の事情のことだろうが」

（ああ、そういう……）

ようやく、イザックにも昨晩の出来事が呑み込めつつあった。

ルキウスに頼まれてイザックも内密にレコット家を調査していたので、大体のことは把握しているつもりだ。

血の繋がった家族に害され、傷つきながら。

ルイゼがどんな思いでこの十年間を過ごしていたのか。

そしてどんな気持ちで、ルキウスの告白に応えなかったのか。

話したこともない令嬢の心情を理解した気になるなど、甚《はなは》だ失礼だろうが。

（ルキウスに負けないくらい、ルイゼ・レコットは真面目な娘《コ》なんだろうな）

バカがつくほど真面目だ。それでいて強い。

彼女が少しでも弱かったならば、再会してすぐにルキウスに家のことを相談していただろう。

それならきっと解決してもらえる。ルキウス・アルヴェインはたやすく、彼女の最強の味方となる道を選んでいたはずだ。

（いや……違うか。自分が弱いのを認めた上で、強く在ろうとしている）

難儀《なんぎ》な生き方には違いない。

そしてルイゼ・レコットのそんな有り様に、この堅物《ルキウス》はどうしようもなく惹かれたのだろう。

イザックは頰を掻いた。

「なんでお前がルイゼ嬢に惚れたのか……オレにもちょっと分かった気がするわ」

「……は？　まさかとは思うがイザック、お前」

そのとき、ルキウスの眼光が恐ろしいほど鋭く研ぎ澄まされた。

もはや殺気を感じるレベルで。

イザックの背中をゾーッと悪寒が走った。

「いやいやいや、違う違う！」

イザックは全力で首を横に振った。

主君の色恋沙汰《いろこいざた》に巻き込まれ、変な誤解をされては堪ったものではない。

「一応言っておくが、オレもルイゼ嬢のことが気になるとかそういう意味じゃないからな！」

「……ならいいが」

（まぁ、会ってみたいとは思ってるけど！）

いま口にするとヤブヘビなので黙っておこう。

（しっかし、ルキウスがここまでアッサリと平静さを失うとは……）

ルキウスが帰国してからというものの、驚くことばかりである。

そういう意味でもイザックはルイゼに勝手に感謝していた。

ルイゼが関わると、どんどんルキウスは面白くなるので。

（……あれ、そういえば）

「でもフラれてないなら、なんでそこまで落ち込んでたんだよ？」

当初の疑問を口にしてみると、そのことかというようにルキウスが小さく顎を引く。

それから自身の両手を広げてみせると、何かの記憶を思い出すように。

「ルイゼの腕が、か細かったんだ」

「……あ？　腕？」

「腕だけじゃない。腰も、足も……折れるのではないかと不安になるほどで」

「…………」

「儚げな佇まい、というのは彼女のことを指すのだろうな。そんなルイゼを見ていて、俺はどうしようもなく自分の気持ちを自覚した」

「……そうか……」

聞いていてちょっと恥ずかしくなってきて、イザックはすす、と壁際に視線を移動させた。

そんなイザックの挙動不審には気がつかず、ルキウスは苦笑している。

「少し癪《しゃく》だが、結局はお前の言う通りだった。俺はずっと前からルイゼに惹かれていたということだ」

「お、おう……」

（弟分のガチの恋愛話を聞くのって、ちょっと……いやだいぶ照れるな……）

イザックはとりあえず話題を変えようと思った。

ルキウスの話に黙って耳を傾けていたら、こそばゆさのあまり呼吸が苦しくなりそうなので。

「ところで第二王子――というより、その婚約者殿の件なんだが」

「……ああ。どうだった？」

昨夜、イザックが急遽応援に駆り出されたことはルキウスも知っている。

その理由が、表沙汰にできないような用件だったということも。

イザックは腕組みをし、キッパリと断言した。

「うん、アレはない。正直に言ってリーナ・レコット、おつむが弱いにもほどがあるぞ」

◇◇◇

――リーナの仕事の成果が芳しくない、という話をフレッドが耳に挟んだのは、夜会の数日前のことだった。

「フレッド殿下、大変言いにくいことなのですが。その……リーナ・レコット伯爵令嬢の仕事の処理があまりにも杜撰《ずさん》だと、事務官たちから声が上がっていまして……」

従者のひとりにそんなことを言われたとき、フレッドは本気で取り合わなかった。

「お前も噂には聞いているんじゃないか？　リーナは天才なんだ。魔法学院では兄上に匹敵するほどの実力だと謳《うた》われていたんだぞ」

「それは存じています。ですが事実として――」

「ああ、もういい。僕はリーナ本人から、仕事は順調だと聞いているんだからな！」

フレッドはさっさと話題を切り上げた。

フレッド自身も公務に携わるようになり、忙しない日々が続いている。眉唾物《まゆつばもの》の話に割いてやる時間などないのだ。

だから、物言いたげにしている従者のことを、そのあとも無視し続けたのだった。

しかし、ルキウスの記念を祝う夜会の翌日――信じられない出来事が発生した。

「はあっ⁉　兄上の秘書官に手伝いを頼んだだってっ⁉」

それこそフレッドには許せない話だった。

なぜ自分に許可もなく、兄に借りを作るような真似をするのか。

しかし声を裏返すフレッドを、報告してきた従者のひとりが睨むように見つめる。

「そうですよ。そうでもしなければ、どうしようもない状況だったのですから」

「………詳しく聞かせろ」

ようやくフレッドが話を聞く気になったと分かったのだろう。

従者はここ数日のリーナの仕事ぶりについて、忌憚《きたん》ない事実と批評をフレッドに次々と告げたのだった。

◇◇◇

フレッドが部屋を訪ねてみると、リーナは優雅に紅茶を飲みながらクッキーを食べていた。

「あらフレッド様。ごきげんよう」

フレッドはほっとした。今日のリーナは機嫌が良さそうだ。

というのも、リーナが文句を言うので部屋の改築工事は夜通し続き、ついに彼女の部屋は完成していたのである。

客室から広々とした豪奢な部屋に移ることができて、リーナはご満悦そうな様子だった。

昨夜はといえば――思い出すのも億劫だが、夜会から帰った後のリーナは荒れに荒れていた。

突然「ルキウス様の夜会に行きたいですわ！」などと言い出したときには、正直戸惑ったが……

義理の兄に挨拶をしておきたいと言われれば、フレッドも無理には止められなかった。

招待状は送られてこなかったが、フレッドはルキウスの実の弟だし、リーナはその婚約者なのである。

さすがに門前払いはされないだろうと思ったが、実際のところはリーナが無理に衛兵を押し切ったような形になってしまった。

そしてその結果ルキウスからは手酷い扱いを受け、しかも頭からジュースを被ってしまうという淑女らしからぬ失態まで演じてしまい、リーナの怒りは壮絶だった。フレッドも宥《なだ》めるのには手を焼いたのだ。

――しかも夜会の場にはルイゼが居た。

ホールの中央に、フレッドの兄であるルキウスと寄り添うようにして立っていたのだ。

（やはり兄上は、ルイゼのことを……？）

本当であればその場でルイゼを問い詰めたいところだった。

だが怒って会場を去るリーナを放置するわけにいかず――結局、話はできずじまいだった。

「フレッド様もお茶をどうぞ。とっても美味しいんですのよ」

「……ああ。いただこう」

フレッドはリーナと向かい合う形でソファに座った。

しばらく適当な話題を振ってから……「ところで」と何気なさを装って話を振ってみる。

「リーナ。その……任せていた書類仕事なんだが」

「ああ、あれならすでに終わらせていますわよ？　ちょっとわたくしには簡単すぎましたけど」

肩をすくめるリーナに、フレッドは言葉に詰まる。

確かに、処理が終わった書類の山はフレッドの元に届けられた。それを見てフレッドは「さすがリーナだな」と感心していたのだ。

しかし――その内容こそが問題だった。

フレッドは何度か咳払いをし、ようやく本題を口にする。

「これは念のための確認なんだが。その……内容を見ずに捺印をしたわけでは、ないんだよな？」

リーナの笑顔が凍りつく。

「――どういう意味です？」

「ご、誤解しないでほしいんだが、別に僕はリーナを疑っているわけじゃないんだ。ただ確認をしたいだけで」

バン！　とテーブルを叩きリーナが立ち上がった。

その拍子に、ティーカップがガチャンと音を立て、水滴がテーブルの上に散る。

驚くフレッドに、リーナは瞳に涙を浮かべて言う。

「……ひどい――ひどいですわ、フレッド様!!」

「わ、悪かった。悪かったよリーナ！」

まさか泣き出すとは思わず、慌ててフレッドはリーナの肩を抱く。

「わたくしっ、わたくしは……フレッド様の助けになれたらと、精いっぱいがんばっただけなのに……っ！」

「違うんだ！　僕の従者たちがそういう、わけの分からないことを言い出しただけで――僕はちゃんとリーナのことを分かっている。リーナが僕の仕事を一所懸命手伝ってくれたと分かっているから！」

必死にフォローしつつ、フレッドは考えていた。

公務に携わる以上は、国民の要望になんでも応えればいいわけではない。

正確な報告なのか、漏れはないか、対応すべき課題の整理はできているか。

期日はいつまでか。割り当てる人員は、予算は――あらゆる内容を精査し、照合して、初めて回答する地点まで辿り着くことができるのだ。

本来は村や町単位で対応すべき案件が交ざっている場合もある。

そういうときは安易に承認せず、別の部署に回す必要だって出てくる。

しかし……フレッド自身も、リーナが決裁した書類を何十枚か確認して。

それが――従者の言う通り、やたらめったらに決裁印を捺されただけの紙のように見えていたのだ。

（でも……そんなはずはないんだ）

リーナ自身が、精いっぱいやったと言っているのだ。

婚約者である自分が信じてやらなければ、とフレッドは自分に言い聞かせる。

それに頭が良いと言っても、リーナにとっては初めての仕事だったのだ。

今後は自分が相談に乗りながら――いや、まずは自分で処理できる量だけに減らすべきだろう。

（兄に対抗意識を燃やして、無理に量を増やしたのが悪かったんだ……）

そう内省するフレッドだったのだが。

そのとき、リーナが顔を上げた。

ひっく、と涙ぐむ彼女の頭を撫でてやると、リーナは猫なで声で言った。

「……ねぇ、フレッド様？」

「なんだいリーナ」

「その嘘つき従者たちのこと、クビにしてくださいますか？」

「……えっ⁉」

どうして急にそういう話になるのか。

困惑するフレッドの胸にしがみつき、さらにリーナが言う。

「だってわたくしを陥れようとした方たちですよ？　そんなひどい方たちのことを、フレッド様は許すのですか？」

「そ、それは……しかし、さすがに辞めさせるわけには」

フレッドは回答を躊躇った。それも当たり前だ。

例外もあるが、フレッドの側近の多くは幼い頃から仕えている貴族子弟だ。

魔法学院で共に過ごした級友だって居る。他の人間では取り替えがきかないのだ。

彼らの助けがなければ、フレッドは王族としての務めもまともに果たせなくなる。

だが青い顔で沈黙するフレッドの服の袖を、ぎゅっとリーナが掴む。

「フレッド様は、わたくしのことがお嫌いなのですか？」

愛らしいリーナの瞳には涙の粒が浮かんでいた。

フレッドは悩み、狼狽えつつも……とうとう言ってしまった。

「わ――――、分かっ、た」

分かったよ、と掠れた声で頷く。

するとリーナはきゃあ、と歓声を上げた。

「さすがフレッド様ですわ！　では、本日中には全員この王宮から出て行くように通達してくださいね」

「それはさすがに……代わりの者を手配するのにも時間が掛かるし」

「フレッド様」

「……そ、そうしよう。すぐにそうする」

リーナは飛び跳ねるようにして喜ぶと、再び席につく。

フレッドもソファに座り直した。

だが血の気が薄れているのか、身体の感覚がどうにもぎこちない。

美味しそうにマカロンを頬張って、リーナが上目遣いでフレッドを見遣る。

「それとフレッド様。お言葉ですがわたくしが得意なのは魔法ですわ！　書類仕事なんてつまらない仕事は、わたくしのように才溢れる人間には向いていませんの」

「そうか……うん、分かったよ」

フレッドはへらへらと笑う。

今さら、自分はなんてことを宣言してしまったんだと恐ろしくなってくる。

だが今さら撤回はできない。

今日中に、リーナの仕事にケチをつけた人間は全員解雇せねばならない。

そのとき、ふと——フレッドの胸に、ひとつの疑念が湧いた。


——リーナ・レコットは本当に、才女なんだろうか？


（いや……何を考えているんだ、僕は）

疲れているせいかもしれない。フレッドは目頭を揉んだ。

（リーナは兄上と同じく、大学への推薦状までもらっていた才女なんだぞ……）

リーナに勧められた紅茶を飲んでみたが、舌がおかしくなっているのかなんの味もしなかった。

自分が少しずつ破滅の道に向かいつつあることに、そのときのフレッドはまだ気がついていなかった。

◇◇◇

——しばらく忙しくなる、という内容の手紙がルキウスから届いたのは、夜会から二日後のことだった。

その手紙に添えられていたのは、可愛らしいクレマチスの花束だった。

色とりどりの花の中、特に目立っていたのは紫色の花だ。

手紙の追伸にも「君の瞳の色に似ていて」と一文が添えられていたから、きっとルキウス自身がわざわざ選んでくれたのだろう。

（たしか花言葉は、『美しい精神』……それに『創意工夫』だったかしら）

そんなことを思い出しながら、ミアが花瓶に活けてくれた紫色の花弁をルイゼはやさしく突いてみる。

もう一週間もルキウスに会っていない。

時間が流れるのがやたらと遅く感じるのは、そのせいなのだろうか。

（他にも『策略』とか……）

「会いに行けばいいのでは？」

そんな声がして、ルイゼはくるりと振り返った。

後ろに立っていたのはルイゼ専属の侍女であるミアだ。

洗濯かごを抱えて、何やら呆れたような顔をしているミアに……ルイゼは本心から首を傾げる。

「会いに行くって誰に？」

「誰にって、もちろんそれはルキウス・アルヴェイン殿下にですよ」

（ルキウス様に？）

「それはさすがに無理よ。だってルキウス様はお忙しいって」

「ルイゼお嬢様ったら……」

額を押えるミアに、ぱちくりとするルイゼ。

ミアは「いいですか？」と人差し指を立ててみせた。

「忙しい中わざわざお手紙を、しかも花束もつけて従者の方が届けてくださったのですよ？　つまりこれは――『会いには行けないが、本当はあなたに会いたい』という殿方の気持ちを表しているのです」

「そ、そうなのかしら？」

「そうに決まっています！　それにお嬢様だって、殿下にお会いしたいのでしょう？」

痛いところを突かれて、ルイゼは言葉に詰まる。

だってそれは――それはもう、否定のしようがないことだ。

(私は、ルキウス様に会いたい)

手元には、王立図書館で新たに借りた本だってあるのに。

読書をしてもいまいち集中しきれず、ルキウスが贈ってくれた花束を見ながらせっせと、とあるものを拵えてしまうくらいには……彼に会いたかった。

それをよく知っているミアが手を叩く。

「ではお嬢様、お出かけの支度をしましょう」

ほら早く！　と急かすミアに言われるがまま、ルイゼは慌てて支度に取りかかる。

そんなルイゼに満足しながら、ミアは密かに拳を握る。

(ファイトですルイゼお嬢様。それに……ルキウス・アルヴェイン殿下も！)

◇◇◇

侍女たちに追い出されるようにして屋敷を出てきたルイゼは、馬車で王宮へと辿り着いていた。

（本当に良かったのかしら……）

会いに行ったところで、迷惑がられてしまうのではないか――そんな思いもあり、少し怖くなる。

あの夜会の日。

ルイゼのことが好きだ、とルキウスは言ってくれた。

守りたいと思っている、と告げた彼のまっすぐな言葉が本当に嬉しかった。

自分が誰かに愛される日が来るなんて、思ってもみなくて……しかもその相手がルキウスだなんて、自分はなんて幸せなのだろうと。

しかしルイゼは、どうしてもルキウスに応えることはできなかった。

（私は、ルキウス様に隠し事をしているもの……）

あの後、ルキウスは気まずい思いもあっただろうに、馬車の前までルイゼを見送ってくれた。

あの日以降、ルキウスには会えていない。

多忙だというのはきっと偽りではない。本当にルキウスは忙しいのだろう。

しかしルイゼは、本心ではルキウスは自分に会いたくないと思っているのではないかと考えていた。

そして、そう思うと……恐ろしいほどに、胸が苦しくなる。

（……本当に勝手だわ。ルキウス様のお気持ちに、お返事もできなかったのに）

自己嫌悪に陥っている間に、馬車が停まる。

王宮の城門前で身分と用件を伝えると、数分待たされてすぐに許可が下りた。

ルキウスに拝謁《はいえつ》を希望する貴族は多いだろうが、意外にもすんなりと通れてほっとする。

行き先については決まっている。

前に王都に出掛けたときに、ルキウスの仕事については少しだけ聞いていたのだ。

（確か王宮の本殿ではなく、東宮でお仕事をされてらっしゃるはず）

東宮はルキウスの居住する宮であり、代々の王太子が継ぐ宮でもある。

十年間不在だったルキウスだが、その間も王子としての公務は休まず行っていた。彼の従者たちはいつでも東宮に控え、その間も【通信鏡】を通して連絡を取り合っていたそうだ。

東宮の警備の詰め所には、二人の兵士の姿があった。

ルイゼは緊張しつつもおずおずと話しかけた。

「ルイゼ・レコットと申します。もし可能であれば、ルキウス・アルヴェイン殿下に拝謁させていただきたく存じます」

名乗った途端だった。

兵士の顔色が変わり……彼らが振り返って何かを言うと、一気に詰め所の雰囲気ががやがやと慌ただしくなった。

（え？　ど、どうして？）

何か悪いことを言ってしまったのか。しかしまだ名乗っただけだ。

ルイゼがおろおろしている間にも、「秘書官殿はまだか」「おい、早く呼んでこい！」などという激しい声が飛び交う。

「あの、拝謁が難しいようであれば――」

「い、いえ！　違うんです、むしろ逆ですので！」

（逆？）

わけが分からずルイゼは途方に暮れた。

だがそんなとき……パタパタという足音が聞こえてきたので、ルイゼは東宮へと目をやった。

詰め所に向かって駆けてきたのは、明るい茶髪をした長身の青年だ。

ネイビーブルーを基調とした品の良い制服を身に纏っている。格好からして文官――それも左肩に腕章をつけているので貴族だろう、ということは分かったが……一目散にやって来る彼が、なぜ満面の笑みを浮かべているのかはルイゼには分からなかった。

そして目の前で立ち止まった彼が、その整った容貌をさらに輝かせる。

「おお！　マジでルイゼ嬢――じゃなかった。初めまして、ルイゼ・レコット伯爵令嬢」

ゴホンと咳払いしながら一礼される。

それから彼はついでのように付け足した。

「私はイザック・タミニール。ルキウスの秘書官です」

（ルキウス様の秘書官！）

驚きは表に出さず、ルイゼは落ち着いた礼を返す。

「初めまして、タミニール様。ルイゼ・レコットと申します」

それから、思わず熱のある視線でイザックを見つめる。

なぜかといえば、

(自身が頭脳明晰すぎるルキウス様のことだもの。その側近を固める従者の方々も、とびきり優秀な人材ばかりに違いないわ)

すると、ルイゼと目が合ったイザックは――なぜかばつが悪そうにそっぽを向いた。

「……すまんルイゼ嬢。何かしら期待されているのを肌で感じるんだが、オレはわりとズボラでアホ寄りの秘書官だ。あんまり期待しないでくれ」

急に砕けた口調になるイザック。

きょとんとするルイゼに、イザックは「あー」とがしがしと頭を掻く。

「オレ、ずっとルイゼ嬢に会いたいと思ってたからさ……というかルキウスからアンタの話を聞きすぎて、正直初めて会った気がしないというか、もはや親しみを持ってしまうレベルというか」

「え!?……お、畏れ多いです」

予想外の言葉にルイゼは戸惑いつつも頭を下げた。

(なんだか、ちょっと変わった人かも)

第一王子の秘書官らしからぬ態度と物言いではあるが、まったく嫌みは感じられない。

独特の雰囲気があり、茶目っけがある。それも彼にとっての処世術の一つなのだろう。

むしろ、彼と初めて会った人間は、その多くが好感を持ってしまうだろうと思うくらいだ。

（というか……ルキウス様が、そんなに私の話を？）

別のことが気になり出してしまうルイゼ。

思わず黙り込むルイゼに、イザックはぺこぺこと頭を下げる。

「いや悪ぃ悪ぃ、警戒させちまったよな。オレいつもこういうノリだから……ていうかアレか、ルイゼ嬢はルキウスに会いに来てくれたのか」

「は、はい。そうです」

「そっかー。でもごめんな、今アイツはちょっと来客対応中で……」

そこでふと。

イザックは黙り込んだかと思えば……次の瞬間には、悪戯を思いついた子どものような顔で笑ったのだった。

「ルイゼ嬢。暇だったらオレとちょっくら喋らない？」


「話す場所、ここでもいいか？」

イザックが立ち止まったのは東宮の食堂だった。

広々としており、見渡す限りでも五十席ほど席の用意があるようだ。

今は午後二時という微妙な時間帯だからか、使用している人数は少ないようである。

イザックに続いて、ルイゼは食堂の奥側にあるソファ席に座る。

仕切りこそないが、他の席とは距離が離れている。

人目のない環境にならないようにと、未婚であるルイゼに配慮してくれたのだろう。

「ありがとうございます、タミニール様」

ルイゼが感謝を口にすると、イザックは人なつっこい笑みを浮かべる。

話をしようという提案に頷いたのには理由があった。

（私は、王族としてのルキウス様を――そして、この十年間のルキウス様のことを知らない）

ルイゼと接するときのルキウスはいつも優しく、穏やかな青年だ。

しかしきっと、秘書官という近しい立場の人から見た彼はまたルイゼの視点に映るものとは異なっているのだろう。それを知りたい、とルイゼは思ったのだ。

それに――。

（私も単純に、この方と話がしてみたい……）

ルキウスと王都に出掛けたその日から、密かにルイゼにはずっと気になっていたことがある。できれば、それについてもイザックに訊いてみたいと思っていた。こんな機会は二度とあるか分からないのだから。

注文していたティーセットとアールグレイのクッキーが運ばれてくる。

ルイゼがカップを口元に傾けると、イザックがのんびりと口を開いた。

「いやぁ、しかしこうしてルイゼ嬢と会う機会が早々に巡ってきて良かったぜ。あ、というかさっきからルイゼ嬢……って勝手に呼んじゃってるんだけど、なれなれしくて不快か？」

「そんな風に呼ばれるのは新鮮なので、構いませんよ」

ルイゼがにこやかに返事をすると、イザックは「そりゃ良かった」と歯を見せて笑う。

その姿は、とてもじゃないが高級官吏には見えない。というより……王宮よりも街角で見掛けるほうが自然な気のする気安さだ。

（というより、たぶん）

ルイゼは薄々と気がついていた。

――わざと、イザックはそういう態度を取っているのだと思う。

（私のことを、試しているというか……見定めようとしているというか）

秘書官といえば、ルキウスにとって腹心の中の腹心と言える立場の人間だ。

そんな彼が、突然ルキウスの傍に現れたルイゼのことを許ろうとするのはおかしなことではない。

「それでどうする？　オレもルイゼ嬢に訊きたいことはいろいろあるが……ルイゼ嬢は何か話したいことはあるか？」

「ルキウス様とタミニール様のお話を聞きたいです」

ルイゼは即答した。

すると目を丸くするイザック。

「ルキウスのじゃなくて、ルキウスとオレの？」

「はい。お二人の、できれば幼少の頃の話とか」

イザックが首を捻る。

「……ん？　オレがガキの頃からルキウスと知り合いだって言ったっけ？」

「お伺いはしていませんが……タミニール様がルキウス様を呼ぶときの声音に、親愛の情が籠もっているように感じられたので」

（ただの友人――という感じでもなくて。深い絆が感じられる）

率直にそう答えると、イザックは感心した様子でソファにもたれ掛かる。

「おお、そんな風に聞こえたのか……って人から指摘されるとなんか恥ずいな」

どうやら照れているらしい。

ルイゼはくすりと笑った。イザックの態度が、ルイゼを試すためのものだとしても――そこに嘘偽りは感じられない。

実際の彼もこんな風に、飄々としていて、つかみどころがなくて……面白い人なのだろうと思う。

「そういえば、何度か王宮の本宮ですれ違ったこともありますよね」

「えっ！　覚えてんの？」

「はい。話しているうちに、徐々に思い出したんですけれど」

王宮の回廊ですれ違うとき、いつもイザックは忙しそうだった。

ルキウスの秘書官ということは、主君の居ない間の留守を預かるだけでなく、その代行としての責務が生じるということだ。

ルイゼには想像することしかできないが――その立場は並大抵の努力では務まらないはずだ。

（ルキウス様は、タミニール様のことをとてつもなく信頼しているんだわ）

イザックのような部下が居なければ、ルキウスは十年間も国を空けることはできなかったのではないだろうか。

そんなことを思うルイゼの期待の目線を受けつつ……イザックは話し出した。

「ルイゼ嬢の指摘は当たり。オレとルキウスは乳兄弟でさ。オレの母親がルキウスの乳母だったんだが……」

それはルイゼにとっては知りようもない――ルイゼと出逢う前の、ルキウスの話から始まった。


「……えっ！　大学の合格通知が出たあとに、そんなことが？」

「そうそう。あのときの親子喧嘩っぷりは、もうすごくてさぁ」

ケラケラとイザックが笑う。

「陛下もルキウスの才能は国内に留まらせるべきじゃない、ってのは認めてたんだけどな。でもルキウスは如何《いかん》せん、当時はまだ十五のガキだったろ？　他国に渡らせるのは危険じゃないかって、王宮内でも反対意見が多かったんだよ」

「そうだったんですね。王都ではどちらかというと、称賛の声のほうが多かったようですが」

「国民にとっちゃ、帝国の大学に自国の王族が通う――なんて、名誉以外の何物でもないもんなぁ」

うんうん、とイザックが大きく頷く。そう言いながらも、イザック自身がルキウスの功績を最も誇りに思っているようだった。

「最終的には王子としての仕事を放棄しての留学は認められない！　って陛下が怒鳴りつけて、ルキウスはその一言にキレて、アレを完成させたんだ」

「え？………アレってもしかして」

「そう、【通信鏡《つうしんきょう》】！　これさえあれば公務は問題ないでしょう！　つって、陛下の反対を退けたんだよ。さすがにこれには陛下も根負けしたんだよなー」

（まさか【通信鏡】に、そんな誕生秘話があったなんて……！）

世界を繋ぐ偉大なる魔道具が親子喧嘩の末に生まれたものとは思っていなかった。

その他にも、イザックの話は聞いていて新鮮で面白いことばかりだった。

小さい頃から研究熱心だったルキウスは、年頃の少年たちで集まって遊ぶより、ひとりで本を読んだり魔法の練習をするのに熱心だったのだそうだ。

風魔法の練習をしていたら、散歩していた王妃の日傘を飛ばして大騒ぎになったこともあったという。

抜けているところがあり、顔を洗いながら寝ていたことがある。

運動神経がとびきり良いので、お茶会を抜け出して木の上で本を読んでいたこともある。

意外に食べ物の好き嫌いは多く、生魚は好まない。

……などなど。

次から次へと、ルイゼの知らないルキウスの話が飛び出してくる。

（私の知っているルキウス様とは、ちょっぴり違う……）

ルイゼにとってのルキウスは、誰よりも優しく凛《りん》とした男性だが……イザックの語るルキウスは、少し違う。

それが少し悔しいような気もするが、それを差し引いてもイザックの話は聞いていてとても楽しい。

イザック自身も、ルキウスとの思い出を口にするときはずっと楽しそうで——たまにわざとらしく悪しげな物言いをするが、結局のところ、ルキウスのことを誰よりも尊敬しているのが伝わってくる。

そしてイザックの話に笑顔で相槌を打つ間に。

……やっぱり、とルイゼは確信を固めつつあった。

（もう、間違いないわ。きっとこの方が！）

「タミニール様。あの、ひとつ確認してもよろしいでしょうか」

「おう。改まってなになに？」

ルイゼは目を輝かせ、いよいよ気になっていたことをイザックに訊いてみた。

「タミニール様は、幼い頃にルキウス様のことを『ルーくん』と呼んでいましたか⁉」

……ゴフッ、とイザックが噴き出した。

口元を押えると激しく咳き込む。どうやら紅茶が変なところに入ったらしい。

「だ、大丈夫ですかっ？」

慌てて腰を浮かせるルイゼには手のひらを見せつつイザックが、

「まっ——待っ、てくれ。まったく意味が分からないから解説！　とりあえず解説をしてくれ……っ」

とか言いつつ、プルプル震えている。

（わ、笑ってらっしゃる⁉）

ルイゼは予想外の反応に戸惑いつつも説明をすることにした。

「以前ルキウス様と王都に行った際に、王族だと周囲に露見しないよう呼び名を変えることになりまして……そのときにルキウス様が、子どもの頃は親しい方から『ルーくん』と呼ばれていたと仰って」

ルイゼが話す合間も、イザックはもはや笑いすぎて苦しげだった。

「ハア、話に聞くだけでも大物だと思ってたが……っやっぱルイゼ嬢サイコーだ。オレ、アンタに出会えて良かったぜ！」

「え？　ええっ？」

「この出会いに感謝を！」

イザックがルイゼに敬礼する。

テーブルに置いてあるのがティーカップでなくシャンパングラスだったなら、おそらく乾杯していたに違いない。

そのあともしばらく顔を覆って天を仰いでいたイザックだが、ようやく少し落ち着いたのか、妙に平静な顔つきになりルイゼに言う。

「よく分からんけどオレ、良いこと思いついた。あのさ、ルイゼ嬢……」

口の横に手を当て、内緒話の要領でイザックがルイゼに囁く。

それを真剣に聞いていたルイゼだが、ふと頭上に影が差したので見上げてみると――話題の中心にある人が立っていたので、驚いて息が止まってしまった。

「……おい」

低く地を這うような声音だ。

次の瞬間には、イザックが「おぎゃっ」と悲鳴を上げていた。

なぜかというと、彼の背後に立ったルキウスが——その頭蓋《ずがい》を片手で思い切り掴んでいたので。

「ルキウス、痛い痛い。オレの頭からミシミシと嫌な音がしてるんだが！」

「ミシミシどころか、バキバキでもいいが」

「頭蓋骨陥没《こつかんぼつ》してんじゃねぇか！」

悲鳴を上げつつその手からどうにか逃れたかと思えば、イザックはルイゼに向かってパチンとウインクをした。

「じゃあなルイゼ嬢、また話そうな！」

そしてものすごいスピードで食堂を出て行く。

（逃げ足が速い！）

終始圧倒されっぱなしだったルイゼは、しばしイザックの残像を目で追ったのだが……それからハッとして、くるりと振り返る。

ルキウスはといえば、先ほどまでイザックが座っていたソファ席に仏頂面で着席していた。

どことなく疲れたように見えるのは……ルイゼの気のせいではないだろう。

（……やっぱり、会いに来るべきではなかったのかも）

「ルキウス様。あの——お忙しいのに、会いに来たりしてすみません」

ルイゼは頭を下げた。

ミアたちに勧められるまま。自分の感情を優先してここまで足を運んでしまったが――彼の迷惑になりたいわけではなかったのだ。

「いいよ」

しかし耳朶《じだ》を打ったのは、そんな響きで。

下げていた頭を上げると、ルキウスはテーブルに頬杖をついていた。

そうして愛おしい宝物を見るかのような双眸をルイゼに向けている。

「俺も、君の顔が見られて嬉しい。……それ以上に、君が会いに来てくれたのが、嬉しい」

「っ」

ルイゼの頬に熱が灯る。

だがそのタイミングを見計らったように物陰から、

「あ、ルイゼ嬢！　そいつ、毎日ルイゼ嬢が来ないかってそわそわ待ちくたびれてたんだぜ！」

何やら絶好調に叫ぶ秘書官の声が聞こえ――その方角に向け、ルキウスが目にも留まらぬ速さで空いたクッキーの皿を投げつけていた。

……が、そのあとに陶器が割れる音が聞こえなかったあたり、イザックは空飛ぶ皿をキャッチして立ち去ったようだ。

「ルイゼ。アレの言うことは気にするな。……偽りではないが、事実とは若干の齟齬《そご》がある」

「は、はい」

頷くルイゼだったが、それでも、ルキウスの様子が気になってしまう。

だって彼はそっぽを向いているけれど、その耳はほんのりと赤く――照れている、のは明らかで。

（クレマチスの花言葉のひとつは、『策略』……）

もしかして、ルイゼが会いに来るまでがルキウスの策だったのだろうか。

だとしたら、こうして会いに来たのは――やっぱり正解だったのかもしれない。

（今日だけで、ルキウス様のことをたくさん知ることができた気がする）

弾む心を察知したわけではないだろうが、ルキウスが少々疑わしげにルイゼを見遣る。

「イザックとは何を話していたんだ？」

う、と言葉に詰まるルイゼ。

（『幼少期の頃の微笑ましいエピソードのお話などを』なんて答えたら、タミニール様が無事じゃ済まないかも……）

そんな予感を覚えたので、とりあえず当たり障りなく答えておく。

「タミニール様の、お仕事の話などを中心に聞かせていただきました」

「そうか。それだけか？」

「……はい、主にそれだけです」

「なら良いが」

ルキウスの態度はどことなく素っ気ない。

ルイゼが困っているのに気がついたのだろう。ルキウスは少し眉を下げて呟いた。

「すまない。あまりにも君とイザックが親しげだったものだから……見せつけられたようで、些《いささ》か面白くないだけだ」

――その一言にルイゼははっとした。

おそらくルキウスは変な方向に勘違いをしている。ルイゼにとってもイザックにとっても、思いがけない方向にだ。

「ち、違うんですルキウス様っ」

イザックに迷惑を掛けてはいけない、とルイゼは夢中だった。

「お伺いしたのはルキウス様と、タミニール様のお仕事のお話ですし……っ！　それに主なお話はルキウス様の過去の可愛らしいエピソードや、そんなルキウス様のことをタミニール様が心からお慕いしている話で――つまり九分九厘までルキウス様のお話でしたから！」

訂正しなくては！　と必死に説明を試みるルイゼは、ルキウスがいつの間にやら良い笑顔を浮かべていることに気づいていなかった。

「……なるほど。君に余計な話を吹き込んだイザックには相応の処分を下そう」

それでようやく、引っ掛けられたと気がついたルイゼはすっかり消沈してしまった。

「そ、それはどうかご容赦を……というか、ほぼ口を滑らせた私のせいですし」

「君の願いでもそれは聞けないかもしれないな」

ルキウスは楽しげだったが、その顔色はどことなく悪い。

多忙な日が続いているのだろう。こうして一目会えたのは嬉しかったが、申し訳ない気分になってくる。

「……ルキウス様。私のことは気にせず、すぐにお休みになられてください。私は帰りますから」

ああ、と思い出したようにルキウスが呟く。

「……そういえば、仮眠室に行こうと思っていたんだ。俺の執務室のすぐ隣の」

◇◇◇

ルイゼがついていきたい、と口にしたときは、ルキウスはさすがに驚いたようだった。

仮眠室ともなれば、食堂のような公的な場所とは異なる、プライベートな空間であることは間違いない。

(でも、この贈り物を受け取って貰うには絶好の機会だわ！)

辿り着いたのは、がらんとした一室だった。

窓際には遮光性の強いベルベット素材のカーテンが使われている。

家具はといえば上着掛け。それに寝台と、脇台の上にランプがひとつだけ。

本当に睡眠を取るためだけの場所なのだろう。落ち着きがあり、シンプルな内装だ。

ルキウスが部屋の明かりをつける前に、ルイゼは手元のバスケットを探って中身を取り出した。

「ルキウス様。よろしければお休みの際にこれをお使いください」

「これは？」

「アロマキャンドルです。私が作りました」

今回手作りしたのはラベンダーの香りが楽しめるキャンドルだ。

普段は蝋にクレヨンを溶かしたり、ドライフラワーを入れて見た目も楽しんでいるが、ルキウスのイメージにはそぐわない気がしたので黄色がかったビーズワックスのみで蝋を仕上げている。

入れ物には雑貨屋で迷いに迷って選んだ硝子製の容器を使った。深い青の波模様が彫刻で施されていて——その色合いがルキウスの瞳の色に似ていて、素敵だと思ったから。

それにラベンダーには安眠効果があると言われている。不眠症気味のルイゼはそれにあやかり、その他にもジャスミンやアロエの成分を使ってキャンドルを作ったこともあった。

……が、しばらくルキウスが何も言わなかったので、ルイゼは慌てて付け加える。

「大したものではありませんが……素敵な花束のお礼にと思って。ラベンダーには安眠効果や、それに心を落ち着かせる鎮静作用があると言われています。あ、でも、もし香りがお嫌いでしたら無理にとは」

「——いや。ありがとう、ルイゼ」

ルイゼの両手にちょこんと載ったキャンドルを、そっとルキウスが受け取る。

その弾みに、少し手と手が触れた。それだけでルイゼの心臓は跳ね上がったようだった。

「君の気遣いが嬉しい。さっそく使わせてもらってもいいか？」

「……はい、もちろん」

ルキウスの声音に笑みの気配が滲んでいたので、ルイゼも彼を見上げて笑顔を返す。

どうやら贈り物は無事に喜んでもらえたようだ。

言葉通りルキウスは脇台にキャンドルを置くと、その上にそっと手をかざした。

手の影から揺らめきが生まれる。

「あ……」

(炎魔法……ルキウス様が使えるのは風魔法だけじゃないのね)

部屋に柔らかく小さな光が灯る。

キャンドルの炎は、蝋燭《ろうそく》や【光の洋燈】よりもどこか優しく感じられる。

それを見つめるルキウスの瞳にも炎が揺れていて……その様は、いつまでも見つめていたいと思うほど美しかったが、ルイゼはそんな気持ちを抑えて声を掛けた。

「ではルキウス様。私はこれで失礼しますね」

「……今さらだが、贈り物までもらっておいて客人をすぐに帰すというのは心苦しいな」

(私にとっては、ルキウス様にお会いできただけで充分ですが……)

躊躇いがちなルキウスに、それならとルイゼは思いついたことを口にした。

「あの……膝枕をするというのはどうでしょうか」

「……え?」

——そして口にしてから、遅れて羞恥がやって来た。

(わ、私ったら、唐突に何を……! ルキウス様も呆気にとられているし!)

だがこの口が動いてしまった以上は撤回できない。

ルイゼはまるで何も気にしていないように、整ったシーツの端にちょこんと座る。

（こんな大胆な真似、今まで一度もしたことないけれど……！）

ポンポン、とルイゼは自分の太ももを軽く叩いてみせた。

立ち尽くしたままのルキウスが目を見張る。どういう意味か、その仕草で気がついたのだろう。

「……ルイゼ、ちゃんと覚えているのか？」

首を傾げると、ルキウスはどこか試すような声音で呟いた。

「俺は君のことが好きだと言った男だぞ。そんな男に、無防備に膝を貸していいのか？」

――今度こそ、心臓が止まるかと思ってしまった。

それでもルイゼは、平静を装って返事をした。

そうしなければ、動揺を悟られてしまうと思ったから。

「……いいです。ルキウス様ですから」

「ルイゼ」

咎《とが》めるようにルキウスが呼ぶ。

困りに困った末に――ルイゼは去り際にイザックが残した言葉のことを思い出す。

（『ここぞという場面で、ルイゼ嬢自身がアイツのことをそう呼んでみたらどうだ？　案外、面白い反応が返ってくるかもしれないぜ』……だったかしら）

スゥ、と呼吸して、その呼び名を。

「……ルーくんだから、いいんです」

反応は劇的だった。

ルキウスの美しい双眸は見開かれていた。

口元は僅かに惚け――信じられないものを見るような目で、ルイゼのことを食い入るように見つめている。

「………………思い出したのか？」

ルキウスは床に膝をつくと、ルイゼの表情を覗き込むようにかがみ込んだ。

「え？」

（思い、出した……？）

どういう意味だろう。

沈黙するルイゼに、ルキウスは答えを察したのか――。

立ち上がると、急に上着を脱ぎだした。

「る、ルキウス様？」

戸惑うルイゼの前で、上着掛けに制服を引っかける。

ぎし、とスプリングが軋む。

気がつけばルキウスは、シーツの上に寝そべっていて――その頭は、ルイゼの太ももへと乗っていた。

「ルキウス様っ？」

「……いいと言ったのは君だ」

慌てて口元を押さえるルイゼに、ルキウスが鼻を鳴らす。

「……今回ばかりは、君が悪いからな」

そう言われては、ルイゼとしては為す術がない。

収まりの良い位置を探っているのか、もぞもぞとルキウスが小さく動く。

柔らかな髪がドレス越しに擦れる感覚は、なんとも言えず――ルイゼは頬を染めながら、おとなしくしておくことにする。

そうしながらも――頭の中では、先ほどのルキウスの言葉が反響していた。

(私は。……私は、十年前よりもさらに前に、ルキウス様に会ったことがある……？)

どうしてそう思ったのかは、自分でも分からない。

けれど『思い出したのか』とルキウスは言った。眼差しには明らかな期待があった。

(でも。きっと問うても、答えてはもらえない)

ルイゼが自らそれを思い出すことを、ルキウスは望んでいるようだったから。

アロマキャンドルからはラベンダーの香りが漂っている。

ごろんと転がったルキウスは瞳を閉じている。その横顔がいつもより少し幼げに、無防備に見えて……それだけでドキドキした。

――そっと、ルイゼはルキウスの頭を撫でる。

(私が小さい頃は、よくお母様がこんな風に撫でてくれた……)

母がしていたように、髪を梳かすような柔らかさで手のひら全体で撫でていると、ルキウスの表情がなんとなく和らいだように感じられた。

「……ルイゼ。明日なんだが、もう一度東宮に来てくれるか?」

眠気が出てきたのだろう。どこか夢見心地な口調で、ルキウスが囁く。

「俺のところに客人が来るから……君にも会ってほしいんだ」

「はい」

ルイゼは頷いた。

ルキウスが手配したならば、それはルイゼを思ってのことなのだと疑いなく信じられるから。

……やがて、ルキウスの静かな寝息がきこえ始めた。

ルイゼは彼の頭を撫でながらも……目蓋が重くなってきたような気がしてきて、首を傾げる。

(ふしぎ。……いつもはほとんど眠れないのに、どうして)

本当に、不思議なほどに。

どうしてこの人の傍は——こんなにも安心するのだろう。

静かに水の中に吸い込まれるようなまどろみの中、ルイゼはそっと目を閉じた。

◇◇◇

その翌日。

王立図書館で本を読みふけっていたルイゼは時計を見て、約束の時間が近づいているのに気づいた。

(そろそろ行かないと)

受付で本の貸し出し手続きを済ませると、東宮に向かう。

会わせたい人が居る、とルキウスが言っていたのは昨日のこと。

その相手が誰なのかはまだ聞いていなかったが、足取りは自然と軽くなる。

(また、ルキウス様と〝小さな大学〟にも行きたい……)

ルキウスと共に王立図書館で語らったあの日以降、ルイゼは地上の本を読むばかりで地下には行っていない。

あの場所に行くならばルキウスと一緒がいいと思うからだ。

警備の詰め所で挨拶をすると、昨日ほどの混乱はなく許可が得られた。

ルキウスが話を通してくれていたのだろう。

そして文官に誘導され応接室へと着くと、すでにルキウスは席に着いていた。

それにおそらく――ルキウスが会わせたいと言っていた客人の後ろ姿も。

「申し訳ございません、遅くなりました」

ルイゼが謝罪すると、こちらには背を向けていた客人が振り返った。

「構わないわ。あたしが早く着いてしまっただけだから」

ルイゼは目を見開いた。

それがあまりにも思いがけない人物だったからだ。

「アグネーゼ先生……」

「お久しぶり、ルイゼさん。会うのは三月以来ね」

ルイゼを見つめ、アグネーゼは和やかに微笑んだ。

――アグネーゼ・ウィン。

魔法学院の教師である彼女は、御年六十歳ながら優秀な魔術師のひとりと言われている。

元は地方貴族の娘だったそうだが、現在は男爵夫人という立場だ。上品な白髪を頭の上でまとめた姿は、少女の頃の美貌を確かに感じさせる。

ルイゼは学院ではアグネーゼから教えを受けていた。

そして、アグネーゼはルキウスにとっても恩師だったという。

ルキウスの隣席に腰掛け、ルイゼはそんなアグネーゼの話を聞いていた。

「ルキウス殿下は、あたしたちじゃ手が付けられない優等生だったから」

微笑みながらアグネーゼが言うと、「言い誤りでは……？」とルキウスが首を捻る。

「同級生のタミニール君とも絶妙なバランスの良さでね。いつも物事の中心には二人の姿があったわ」

「ルキウス様とタミニール様は同級生でもあったんですね」

「あら、ルイゼさんはタミニール君とも知り合いなのね。彼、面白いでしょ？」

「はい。独特な雰囲気を持つ方で……楽しい方だなと思いました」

うふふ、とアグネーゼがにこやかに笑う。笑い皺まで魅力的な人だ。

（それに二日連続で、私の知らないルキウス様の話が聞けるなんて）

あまりの幸運に思わずルイゼの表情も綻ぶ。いつまでも話を聞いていたいと思うくらいだ。

「それにね、二人ともバッグンに格好良いでしょ？　だから本当に女生徒に大人気で……というか、生徒どころか教師にも」

「ウィン先生、本題を」

ルキウスが咳払いをする。「あら、そうでした」とアグネーゼが手を合わせた。

「ルイゼさん、今日はあなたに話があってきたのよ」

「私に、ですか？」

「ルイゼも知っていると思うが、ウィン先生は魔道具研究所の特別顧問に任じられている」

ルイゼはルキウスの言葉に頷く。

その特殊な立場も、アグネーゼ・ウィンの名を広く知らしめる要因になったと言えるだろう。

そうしてアグネーゼが荷物の中から取りだしたのは、一枚のカードだった。

机の上に載せられたそれを、ルイゼは唖然として見つめる。

なぜなら――そのカードには、ルイゼ・レコットの名前が刻印されていたから。

「――魔道具研究所特別補助観察員の認定証。これをあなたに差し上げるわ、ルイゼさん」

◇◇◇

応接室を退室したルイゼは、そのまま帰る気になれず……かといって行く当てもなく、東宮のテラスから庭を眺めていた。

色鮮やかな夏の花々が咲き誇る情景を、ぼんやりと見下ろす。

（突然、退出したりして――ルキウス様もアグネーゼ先生も、不快に思われたかしら）

魔道具研究所といえば、魔道具専用の代表的な製作所だ。

基本的に魔道具自体の開発は魔法大学を主体として行われているが、製造能力で言えば魔道具研究所の右に出る組織はない。

ルイゼにとっても憧れの場所の一つだ。

子どもの頃から、ルイゼはずっと魔法や魔道具に関わる場所で働きたいと思っていたのだから。

（――嬉しい。とても嬉しい。……けれど）

でもそれ以上に重く肩にのしかかっているのは戸惑いだった。

そうして身体を震わすルイゼに……背後から声が掛かった。

「ルイゼさん。ちょっといい？」

ぎこちなく振り返ると、予想通り――そこに立っていたのはアグネーゼだった。

優雅な笑みを浮かべてルイゼの隣に並び立つ。

「魔道具研究所に行くのは、あまり気が進まない？」

アグネーゼの問いは直球だった。

逃げ場がない気持ちになりながらも、ルイゼは首を横に振る。

「いえ、そんなことは……」

「それなら何か、引っ掛かっていることがあるのかしら」

ルイゼは唇を噛んだ。それが図星だったから。

だってどうしても、考えてしまうのだ。自分にその資格があるのかと。

決して露見してはいけないと言い含められていたから、ルイゼはリーナの替え玉を演じるとき、手足の先からリーナに成りきって振る舞っていた。

リーナらしく話し、リーナらしく笑い、リーナらしく演じきった。

そうすることで、ルイゼ・レコットを——自分自身の心をも守ったつもりでいた。

……でも、と思う。

(結果的に、リーナと一緒になって……私もたくさんの人たちを騙してしまった)

その中には、学院の教師や生徒たちだけではない……父や、ルイゼの婚約者であったフレッドも含まれている。

(それに今も私は、ルキウス様に本当のことを言えないでいる)

「学院の廊下で、すれ違ったときのことを覚えてる?」

「……ええ。忘れたことはありません」

アグネーゼの問い掛けに、ルイゼはそっと頷く。

それは、学院に入学して半年ほどが過ぎた頃だった。

あの日のルイゼは、リーナの言いなりになって替え玉をし続けて精神が疲弊しきっていた。

フレッドに公衆の面前で罵倒され、生徒たちから陰口を叩かれ、教師からも呼び出しを受け……。

そんなときにアグネーゼだけが、すれ違いざまにルイゼにそっと訊いてくれたのだ。

——『ルイゼさん、苦しくはない?』、と。

その日のことを思い返しているのか、庭園を見下ろすアグネーゼの眼差しはどこか遠い。

「あのとき、あなたは……『平気です』って泣きそうな顔で笑って、去って行ってしまったけど……あたしはあの日のことを、ずっと後悔しているのよ」

「……アグネーゼ先生？」

「……本当はね。気づいていたのよ」

——ひゅ、とルイゼの呼気が止まる。

（気づかれていた……？　私と、リーナの秘密に……）

「あたしの他にも何人かの先生たちはね。でも……誰もあなたを、救えはしなかったわ」

それきり、アグネーゼは苦しげな表情で沈黙する。

しかし、さらに蒼白な表情でルイゼが黙っているのに気がついてか——安心させるように微笑みかけた。

「安心して、ルキウス殿下にはそこまでお話ししていないわ。あたしが話すべきことじゃないでしょうから」

何も言えず見つめ返すルイゼを、アグネーゼは労わるような視線で見やる。

「ルイゼさん。事情も知らないおばさんのくせにって思うかもしれないけれど、敢《あ》えて言わせてちょうだい」

「…………？」

「もっと軽い気持ちで考えていいものだと思うわ」

「え……」

ぽかんとするルイゼに、アグネーゼが口元を緩める。

それから彼女は、ルイゼの両手を取り……そっと、その手に認定証を握らせた。

「これは、あのときあなたを救えなかったあたしからの贈り物。けれど、あなたにこそ相応しいと思って用意したものよ。……あなたは勘違いしているかもしれないけど、ルキウス殿下から打診があったわけじゃないの。あたしから申し出た話なのよ」

「そう……だったんですか？」

「帰国したルキウス殿下が、可愛らしいお嬢さんを連れて王都を歩き回ってる、なんて話があたしの耳にまで入ってきたんだもの」

アグネーゼに微笑ましそうにそう言われ、ルイゼは恥ずかしくなった。

（ルキウス様。【認識阻害グラス】、ぜんぜん機能していません……！）

「それにあなたには――きっとルキウス殿下にも負けないような、光り輝く才能がある。こんなところで立ち止まっているのは、勿体《もったい》ないと思うのよ」

手を離す直前に、ぎゅうっと強くアグネーゼに手を握られる。

その手は温かく、安心して……ルイゼはようやく、笑うことができた。

「ありがとうございます、アグネーゼ先生」

アグネーゼの話を聞いただけで、迷いがきれいさっぱりと消えたわけではない。

それでも、前に進みたいと思うのは。

（……追いつきたい人が居るから）

嫌われたくないなんて、そんなことを星に祈るだけではもう満足できそうもない。

彼の背中を見ているだけじゃなく、隣に並んで恥ずかしくない自分で在りたいから。

（そしてもうひとつ――私には、ずっと胸に抱いてきた夢がある）

ルイゼは決然と言い放った。

「私、魔道具研究所に行きます」

◇◇◇

リーナは苛立っていた。

原因はいろいろとある。夜会での失態や、フレッドに公務のやり方を指摘されたこと……。

しかしそれ以上にリーナが苛ついていたのは、いつまで経ってもフレッドとリーナの婚約披露パーティーが執り行われないことだった。

（お姉様のときも、婚約が決まった一年後ではあったけど……）

でもそれは、フレッドとルイゼの婚約が決まった直後にルイゼとリーナの母親が病死したからだ。

父やルイゼは大きなショックを受け、喪に服していた。国王もその気持ちを汲み、パーティーは延期されたのだ。

リーナはといえば母のことは嫌いだったので、どうでも良かったが……あの頃から、リーナの人生が大きく変わったのは事実だ。

（――お父様はわたくしだけの味方になって、お姉様はわたくしの〝替え玉〟になったから）

それからは楽しくて愉快なことばかりが起こった。

リーナは人々の賞賛の声を浴び、拍手の音を聞きながら居心地の良い毎日を過ごした。

そして愚図なルイゼからは、第二王子という輝かしい立場の男を奪うこともできた。

だが……最近フレッドは、なんとなくリーナに対して冷たい態度を取るのだ。

パーティーを開きたいと言っても公務に忙しいと言い訳し、まともに取り合おうとはしない。

一段落がついたらなんて風には言うが、一体それはいつなのかとリーナが声を荒げると、うんざりしたような顔をして、

「リーナ。君の言う通り、僕は側近のほとんどを解雇したんだ。いずれパーティーは開くが、今はとてもじゃないが無理だ……」

なんて、低い声で呟くのだった。

（クビにしたのは自分のクセに、なんでわたくしが悪いように言われなきゃならないのよ？）

いずれリーナは第二王子の――延いては国王の妃となるべき優れた人間なのに。

（渡される書類もがんばって捺印していたのに、「もういい」なんて言われるし！）

フレッドがわけの分からない仕事を押しつけてくるせいで、リーナの細く白い手はすっかり疲れてしまった。

毎日のように侍医を呼び丁寧に手のマッサージをさせていたが、今朝はいつまで経ってもやって来なかった。

わざわざ医務室まで出向いて理由を問いただせば、下っ端の治療師の女に「先生は他にも仕事がありますので」と素っ気なく断られたのだ。

（だったらアンタが代わりに来ればいいでしょ！）

そう怒鳴りつけたい気持ちを必死に抑えつけ――今日は致し方なく、侍女にマッサージをさせている。

（学院に通っていた頃は、ずっと憧れの目で見られていたのに）

魔法学院の教師も生徒も、リーナには一目置いていた。

リーナが歩けば道を空け、視界の隅から羨望の眼差しで見つめ、試験で優秀な結果を残すたびにリーナのことを讃えていたのだ。

その頃の気持ちを思い出したくなって、先日は学生時代の友人たちを呼んでの小規模なお茶会を開いたが……そこで話題に上がったのは、ルキウスの話ばかりで。

「ルキウス・アルヴェイン殿下ってあんなに格好良くて素敵な方なのね」

「絵画で描かれているよりよっぽど美しくて、魅了されてしまったわ」

「皆様ずるいわ。わたしも殿下に一度でいいからお会いしてみたい！」

「そういえば帰国記念の夜会では、何か騒ぎがあったとか？」

「ああ、私は父の付き添いでその場に居たんだけど本当に大変だったのよ。というのも――」

そのときひとりの友人が、何か腫れ物に触るような目つきでリーナのことを見てきた。

「何かしら？」と首を傾げたら「なっなんでもありません！」と慌てて別の話題に変えていたが。

あの夜会のことを思い出すと忌々しくて仕方がないのだが、それでもリーナにもルキウスにはしゃぐ友人たちの気持ちはよく分かった。

(だって――すごく、すごく、格好良かったもの！)

天の神が手ずから創った彫刻のような、美貌の男だった。

銀髪碧眼の美丈夫は、唇の形ひとつを取っても美しく……彼と会話を交わしたときのことを思い返すと、それだけでうっとりしてしまうくらいだ。

フレッドも王族らしく整った顔立ちではあるのだが、正直にいえば格が違う。

(にしても、どうしてルイゼなんかが第一王子の夜会に呼ばれていたのかしら……？)

もしかして顔が似ているせいで、リーナと誤って招待状を送ってしまったのだろうか。

それともリーナ宛てに実家に届いた招待状を、ルイゼが勝手にリーナの振りをして使った？

だが、夜会でルキウスは隣の女に「ルイゼ」と呼び掛けていた。

しかも周りの招待客たちまで、ルイゼのことを褒めるようなことを言い始めたのだ。

想定外の事態にリーナは驚き、とにかくルイゼをこの場から不様に退散させてやろうと思ったのだ。

濃い色のぶどうジュースの入ったグラスを、転んだ振りをして引っ掛けてやろうとして――結果的に、なぜかリーナ自身がそれを頭から被ることになってしまった。

(ああ、憎々しいルイゼ!!)

リーナが舌打ちすると、侍女が一瞬だけマッサージする手の動きを止めた。

「……何よ。サボってる暇があるなら手を動かせば？」

「……失礼しました」

そのとき扉からノックの音が聞こえ、リーナは顔を上げた。

入室してきたのはフレッドだった。

「あら、フレッド様」

侍女を手で追い払い、立ち上がるリーナ。

フレッドはどこか嬉しげな顔で近づいてきた。

「リーナ、聞いてくれ。昨晩魔法省の副大臣と偶然会ったんだ」

「まぁ。お父様の側近の？」

リーナが目を丸くすると、「それでな」とフレッドが続ける。

「リーナの話になって――ぜひリーナに、魔道具研究所に行って研究員の指導をしてやってほしいと言うんだ」

「魔道具研究所？」

思いがけない言葉に、リーナは目を見開く。

リーナの父ガーゴイン・レコットは魔法省の大臣を務めていて、その魔法省の直轄組織が魔道具研究所だったはずだ。

リーナは魔法学院を首席で卒業した才女だから、副大臣からそういう申し出があるのはおかしくはないのだが……。

（魔道具研究所って、ただ魔道具を大量生産するしか能がない施設でしょ？）

有名な話だ。

イスクァイ帝国の魔法大学で開発された魔道具の製造権利のみを買い、魔道具をせっせと生産するだけの場所……それが魔道具研究所だという。

しかし白けるリーナに気づかず、フレッドは興奮した様子だ。

「これはすごく名誉なことなんだ。リーナがこの前言っていた通り、魔法の分野においてリーナは怖いもの知らずだろう？」

「まぁ……それはそうですわね」

「だったらここで、魔道具研究所に恩を売ってやるのも悪くはないさ。リーナの名声もますます高まるだろうし」

フレッドにそんな風に言われ、少しずつリーナはその気になってきた。

なぜなら魔法学院時代、リーナはその優秀さゆえに魔法大学や魔法省、それに魔道具研究所からも推薦《スカウト》を受けていたからだ。

まったく興味がなく、その全てを容赦なく撥ねつけてやったものの……研究所で実力を発揮してやれば、リーナを讃える声は高まることだろう。

そうすればルキウスも正気に戻り——ルイゼではなく、リーナひとりへとあの碧眼を向けるかもしれない。

（また、ルイゼの絶望する顔が楽しめるかも）

リーナはひそかに暗い笑みを浮かべる。

第二王子に捨てられ、第一王子にまで捨てられたとなれば——姉はどれほどのショックを受けるだろう。

そう考えると、居ても立ってもいられなくなる。

「……分かりましたわ、フレッド様」

「本当か!?」

(それに……今より、お父様にも会いやすいかもしれないし)

ほくそ笑むリーナには気づかず、フレッドが小躍りするようにはしゃぐ。

しかしフレッドは気がついていなかった。

自分が、単なる世間話を真に受けていたことに。

本来であればフレッドが間違ったときは、それを諫める立場の者が傍に居たのだが——。

現在のフレッドの近くに控えるのは、側近とは名ばかりの腰巾着のような貴族たちだけで、彼らはフレッドのやることにはとりあえず賛同してご機嫌取りするだけだった。

フレッドを諫めることができる関係性だった人材は全て、リーナが解雇に追いやってしまったから。

そしてリーナは——唇の端をつり上げ、笑ってみせた。

「——わたくし行きますわ。魔道具研究所とやらに」

第六章

ひとつの夢

魔法省直轄組織――魔道具研究所。

本省の隣に配置されたその施設の偉容に、ルイゼはすっかり萎縮していた。

（遠目に見たことはあるけれど……まさか、自分がここに来ることになるなんて）

ルキウスと再会してから、目まぐるしい出来事ばかりだ。

しかし緊張しっぱなしのルイゼと異なり、ルキウスは普段通りだった。

「俺は子どもの頃から、よく入り浸っていたから」

というのは、つい先ほど馬車で聞いた話だ。何もかも規格外なルキウスは、ルイゼと同じ特別補助観察員の認定証を五歳の頃には授かっていたという。

ドレスでは失礼だろうと、今日のルイゼは簡素なワンピースの上に白衣をまとっている。

アグネーゼから預かった認定証のカードは、木製のケースに入れ首から下げていた。

そしてルキウスの首にも、同じカードが揺れていて……ルイゼはそれを見ると、胸が高揚するような、その反対に落ち込みそうになるような不思議な心持ちに陥っていた。

「ルキウス様。その……私は、今日は何をすれば良いんでしょうか？」

そっとルイゼは問う。

アグネーゼより認定証を授けられてからというものの、いつも以上に寝つけず、ずっとそんなことを考えていたのだ。

「魔法や魔道具は好きですが、ただの素人ですし……アグネーゼ先生に認定証をいただきましたが、自分に何ができるかどうか」

この魔道具研究所で働く人々は、全員が魔道具のプロフェッショナルだ。

ルイゼ自身ももちろん、〝魔道具研究所特別補助観察員〟なんて立派な肩書きを与えられたから
といって——自分に大それた真似ができるなどと、到底思ってはいないけれど。

（だからといって、ただの見学気分で居てもいけない気がする）

ここで毎日、熱心に仕事に励んでいる人々がいるのだ。

彼らの力があればこそ、生活魔道具や冒険魔道具が人々の暮らしを発展させてきた。

そこに土足で踏み入り、邪魔をするようなことがあってはならないと思う。

「そう気負う必要はない」

ルキウスはあっさりと返してきた。

しかし適当にルイゼの言葉を聞き流しているわけでないのは、彼の目を見れば一目瞭然で。

「思ったことがあれば遠慮せずに口にすればいい。君にはそうするに足る実力があると、ウィン先生が認めたのだし——そしてそれ以上に、俺が認めている」

「ルキウス様……」

「それに、もしものときは俺が止める。だから心配はいらない」

ルキウスが優しく微笑する。

（それだけで前向きになれてしまうなんて、ちょっと単純すぎるのかしら……）

「そろそろ行こうか、ルイゼ」

だがルキウスの呼び掛けに、ルイゼはようやく凛として応じることができた。

「はい、ルキウス様」

魔法学院の卒業生の進路として、最も華やかにして栄誉たりえる道と言われるのが魔法大学への進学である。

その次に魔法省、それに魔法警備隊や、珍しいところだと魔法騎士への配属といった推薦《スカウト》もあるそうだが……その中だと魔道具研究所は、若干だが見劣りする名前だとされる。

(なぜかというと、魔道具の開発元の多くは魔法大学だから)

しかし――だからこそルイゼにとっては、魔法大学と同じくらいに魔道具研究所は憧れの場所なのだ。

「わぁ……」

研究所に一歩入り、思わずルイゼは感嘆の吐息を漏らした。

研究所の中は白一色で統一された空間だった。

天井は高く、見上げるだけでも階層がいくつも分かれているのが見て取れる。

それに、見たことのない不思議なものを見つけて――目線を奪われるルイゼの横で、ルキウスが説明してくれた。

「あれは【昇降機】という魔道具だ」

「【昇降機】……」

「主に、人や荷物を運搬するのに使われる魔道具だな」

吹き抜けの天井まで続く透明な筒の中を、切り取られた床が上下自在に移動している。

その床の上には、重そうな青いカートの手すりを握る研究員が立っていて……目当ての階層に着くと筒の側面が左右に割れ、そこから出入りができるようだ。

「すごい……」

ルイゼは口元を押さえて呟いた。あれほど巨大な移動式の魔道具があるとは。

規模でいえば、王立図書館地下の禁書庫を上回るだろう。あちらは失われた文明《ロストテクノロジー》によって造られたものだというから、原理や仕組みはまったく違うのだろうが。

「一年前に大学で開発された物で、実験的にここでも取り入れられている。大学の場合は、至る所に設置されていたがな」

その光景を思い出しているのか、口元を緩ませるルキウス。

ルイゼは思わず疑問を口にした。

「あの……どうして他の皆さんは、【昇降機】を使わずに階段を使っているのでしょう？」

「大方予想がつく。基本的には、移動の際は階段を上り下りするように達しが出ているのだろう」

「やはりコストの面で問題があるのですか？」

あれほどの規模の魔道具となれば、大量の魔石を消費するはずだ。

しかしルキウスは緩く首を横に振った。

「いや。これも予想だが――適度な運動が必要な研究員が多いからだな」

ルキウスが冗談を言ったと気がつき、ルイゼはくすりと笑う。

軽口のおかげか、その頃には身体の緊張はだいぶ解けてきていた。

受付を通され、多くの白衣姿の研究員たちとすれ違いつつ、アグネーゼが顧問を務めるという第三研究室の前に到着する。

第三研究室。正式名称は、術式刻印課――その三番目の研究室である。

ルイゼを推薦してくれたアグネーゼはといえば、今日は学院の授業もあるので不在だという。

数日後には様子を見に来てくれると言っていたので、今日は彼女の紹介なく、所員たちに挨拶しなければならない。そう思うと自然とルイゼの身体には力が入った。

そうしてこれもやはり、魔道具だという自動開閉式の扉の前で、ルキウスがルイゼを振り返った。

「ルイゼ、先ほどはああ言ったが……この第三研究室の研究員たちは変わり者だらけだ」

「？」

「なんというか、その……いろいろとフラストレーションが溜まっている連中でな。最初は君に失礼な態度を取るかもしれないが、許してやってくれ」

普段は歯切れの良いルキウスが言葉を濁しているのを見て、ルイゼは目を丸くしたのだった。

◇◇◇

――そしてその三分後、ルキウスの言葉の意味が分かった。

「初めまして。ルイゼ・レコットと申します」

もはや五度目ともなる挨拶だったが、めげずに頭を下げるルイゼ。

しかし返ってきたのは、

「ええ、おかしくない？　この魔術式回路、誤作動起こしてんじゃん」

「いや、そんなはずはないよ……現に魔石との連携には問題ないはずで」

「ハズハズハズって、だからどっかでミスってんでしょ？　いいからアタシに貸しなさいよ、ホラ早く」

「喧嘩しないで！　また暴発でもさせたら今度こそウィン先生の雷が落ちるっスよ！」

「だから、今日は顧問が来ないから魔道具開発のチャンスだって話でしょ⁉」

「不在時に問題起こしたら室長の僕の責任になるんだけどなぁ……⁉」

……という、まったくもって挨拶とは無関係の会話だけであった。

（……誰も聞いてないみたい）

エントランスホールは広々と、染み一つない空間が広がっていたのだが、この研究室はまったく違う。

中央には、コードがいくつも繋がった巨大なマシンのようなものが配置され、その周りに四人の研究員が集まっていた。

少し部屋が手狭なのもあるのか、壁際には寄せ集められた資材や箱が積まれていて、今にも崩れそうでハラハラする。

壁や床には焦げたような跡や、抉《えぐ》れたような痕跡があり……ルイゼが抱いていた物静かな研究所のイメージとはまったく違う。

（そして何よりすごいのは、第一王子が居るのにこの態度ということ……！）

一度だけひとりの男性が振り返り、「あ、どうも」と頭を下げていたものの……それきり放置されている状態だ。とてもじゃないが、王族への態度とは思えない。

だがルキウスは驚くこともなく、呆れたような溜め息を吐いただけだった。

「すまない、ルイゼ。ここは俺が通っていた頃からこんな調子なんだ」

「そ、そうなんですね……」

「突っ立っていても仕方がないし、少し覗いてみるか？」

ルキウスの誘いの言葉に、ルイゼはコクコクと頷く。

（せっかく魔道具研究所に来たのだもの。魔道具のことを少しでも学んで帰りたい！）

研究員たちの背中から、そっと彼らの手元を覗き込んでみる。

思った通り、どうやら新しい魔道具の開発研究を行っているようだ。

魔道具研究所では開発よりも生産が主だと聞いていたが、そうでもないのだろうか。

（もう魔道具の形は出来上がってる。見たところ、水晶を象った洋燈《ランプ》に見えるけれど……）

だが、ただの洋燈ではないだろう。彼らの手元には、光の魔石だけでなく水の魔石があるから。

（水晶の中身が空洞になっていて、その中に光と水の魔石を仕掛ける……うん、目的はだいたい分かった気がする）

どうやら研究員たちは、魔道具の中に刻み込む魔術式に苦戦しているようだ。

どの魔道具にも例外なく魔石が使われ、そして対応する命令を信号として送る魔術式が刻まれている。つまり魔術式が完成していなければ、魔石が組み込まれていても魔道具は正しく作動しないのだ。

そして水・炎・風・土・光・闇――。

六系統の魔法の中でも、水の魔法は土系統と並んで最も扱いやすい。

だがどの魔石も、他の種類の魔石と連結させると格段に設計上の難易度が跳ね上がるのだ。

「…………」

しばらくは無言のまま、彼らの手元をジッと見つつ。

ルイゼは思いつきを小さく口にした。

「この魔術式だと――水の発生を阻害しているのかも」

単なる独り言のつもりだった。

しかし瞬きのあとには、研究員たちが一斉にルイゼを振り向いていた。

「それってどういう意味？　言ってみて」

まず口を開いたのは、強気そうなツリ目の女性だった。

「え、でも……」

急かすように言われ、ルイゼは思わず尻込みする。

彼ら彼女らは魔道具に関するエキスパートなのだ。

対してルイゼは魔法学院で基礎だけ学んだだけの、ほとんど素人と変わらない知識しか持っていない。もちろん本を読んで独学で勉強はしていたが、それだけだ。

どうすればいいか分からず、ルイゼは傍らのルキウスを見る。

しかしルキウスはルイゼに、小さな笑みと共に頷きを返すだけだった。

その仕草を見て――ルイゼは思い出す。

(『思ったことがあれば遠慮せずに口にすればいい』って、ルキウス様は言っていた……)

それに、もしものときは俺が止める、とも。

ルイゼはおずおずと前に進み出ると、注視する研究員たちの前で造りかけの水晶を指し示した。

「えっと……先ほどそちらの眼鏡の男性が仰っていたように、魔術式と魔石の連携自体は問題ないと思うんです」

でも、と中の空洞部分に刻まれた長い魔術式の三行目を指で指す。

「この、『光と同時に水を湧かせる』の記述の部分なんですが、これだと末尾の『虹色』の部分が、同時に『水』にも掛かってしまっています。水の魔石は単体では光を発さないので、そのため先ほどから水晶が光るだけで、水の発生が阻害されている――のではないかと」

……ゴクリ、と誰かが唾を呑み込む音がした。

ルイゼにとっては、一時間よりも長く感じられる数十秒の沈黙のあと――。

「……さすがだな、ルイゼ」

まず、傍らのルキウスが満足そうに笑った。

それからはほとんどお祭り状態だった。

「……そうか……そうだよ！　書き換えるべきは三行目と四行目――『虹色の光と同時に水を湧かせる』式にしないといけなかったんだ！」

「それなら四行目は書き換えて……というよりコレ、三行に省略できるんじゃない？」

「うおお、そっかぁ……単純ミスっすねこれ。『点滅』と『虹色』に重きをおきすぎて、字面の格好良さに目がいってたから……」

「ふむ、なるほどねぇ……そこが要因だったか」

またワイワイギャイギャイと騒ぎながら、気弱そうな眼鏡の男性が魔術式を書き直して――そしてようやくだった。

彼らの想定通りなのだろう。

水晶台のスイッチをオンにするとセットされた魔石を動力源として、ランプの中央から水が湧き出し――水晶は虹色に点滅し始めたのだ。

「わぁ……」

ルイゼは両手を合わせ歓声を上げる。

魔術式を見て思ったとおり、それはなんとも美しい光景だった。

……しかしその数秒後には、大量に溢れ出した水が机と床の上にだばだばと流れ出していた。

「ギャー!?」

「受け皿を用意しておかないからよ！　ていうかどうして誰も気づかないのよ?!」

「発売に当たっての問題点は多そうっスね……」

「ていうかさぁ、魔石が切れるまで半永久的に水が流れ出たら大惨事になるんじゃ……」

濡れる！　濡れる！　と言いながら慌てて三人が逃げ出し、眼鏡の男性はスイッチをオフに切り替える。

一連の流れをポカンと見守っていたルイゼだったが……そんなルイゼに、勢いよくつり目の女性が近づいてきた。

「って、そんなことどうでもいいわ！——アナタ、どうして分かったの?!」

「ひゃっ」

肩を掴まれ飛び上がるルイゼ。

「おい」とルキウスが止めようとするが女性はそれすら振り切り、

「二種以上の魔石を使った魔道具は、世間的には限られてるわ。そしてその多くは魔術式に隠蔽の術式が重ね掛けされているの！　それなのに魔術式について一目で指摘できたのはなぜ!?」

ギラギラと燃えるような視線に、ルイゼは思わず素直に答えていた。

「それは、あの……たまに家で、魔道具の解体をしていまして」

『……は？』という顔でその場の全員が固まる。

ルキウスも驚いた顔をしていた。

（やっぱり魔道具の解体なんて、一般的ではないのかしら……！）

不安になりつつ、さらに目線で『続きを』と圧力を加えられているので答えるしかないルイゼ。

「『片目の梟』という魔道具店には、三種の魔石を用いたオルゴール型の魔道具が売っていたこともあって……部品を全部解体して、隠蔽の術式を解除したら、ネジの一本一本に短縮型の魔術式が刻まれているのを見つけました。それをつなぎ合わせて意味を読み取ったりしたんです」

後ろの研究員たちがざわついてきた。ますますルイゼの不安が募る。

「『片目の梟』はアタシもよく行くし、そのオルゴールのことも覚えてるけど……え？　あれってだいぶ高くなかった？」

「そうですね……半年間は、他に何も買えませんでした」

詰問はそれで終わりのようだった。

しばしの沈黙。それから顔を上げた女性は――人を殺せそうな鋭い日力で、ルイゼを見つめた。

その口から迸《ほとばし》るのは、熱い勧誘の叫び声で。

「……素晴らしい才能を感じる。そして溢れる変人の才もね。アナタ、第三研究室《ウチ》に入りなさい!!」


「えっ⁉」

（あんまり褒められていないような……⁉）

愕然とするルイゼだったが、他の男性研究員たちはやれやれと呆れた様子だ。

「イネスちゃんは相変わらず頭良いけどアホだなぁ。こーんな優秀そうな子、すでに魔法省のエリート官僚候補まっしぐらでしょ」

「そこをどうにか騙くらかして引っ張ってくるのが室長の仕事でしょう⁉」

「騙くらかしてって言っちゃってるよぉ！　イネスちゃん！」

中年男性と、イネスという名前らしい女性が言い合いをする最中、眼鏡の男性に、焦げ茶の髪の若い男性が話し掛けてくる。

「先ほどはありがとうございました。凄まじい分析力ですね」

「良かったら、お名前教えていただいても？」

ようやく自己紹介ができそうだと気づき、ルイゼは改めて頭を下げた。

「はい。私はルイゼ・レコットと申します」

それから、用意してきた挨拶を述べる。

「その、アグネーゼ先生には魔法学院でお世話になっていて――この度、魔道具研究所特別補助観察員としての認定証を授かりました。でも私、いろいろと悪い噂があって、皆さんにご迷惑を掛けてしまうかと……」

そんなことを、この場で述べる意味があるのかは分からない。

単に空気を悪くしてしまうだけかもしれない。それでもルイゼは、できる限り説明しておくべきだと思ったのだ。

（社交界では悪い噂だらけ。第二王子に婚約破棄されて、元婚約者は妹に取られて――そんな女が、歓迎されるとは思えないから）

ルキウスはそんなことまるで気にしていなかったが……他の人たちが、全てそうだとは限らないと、ルイゼは充分すぎるほどよく知っている。

しかし研究員たちの反応はといえば、あっけからんとしたものだった。

「あー、スミマセン。我々そういう世情には疎くて」

「貴族だろうと平民だろうと、実力があればばって感じっスもんね」

「そもそもウチで貴族なの、特別顧問のウィン先生だけじゃない」

「ちょっと待ってー！　室長の僕も一応地方貴族の三男なんだけど！」

本当に、そんなことは心底どうでも良さそうに首を傾げて。

それからイネスがケラケラと楽しそうに笑う。

「ルイゼちゃんね、オッケー。アナタみたいな子を観察員に推薦《スカウト》するなんて、さすがウィン先生だわ！」

（……ルキウス様が、『気負う必要はない』って仰った通りだった）

誰も、ルイゼのことを気にしていない。

というより……ルイゼの評判や風評を、気にしていないのだ。そんなことはどうでもいいと、この場に居る誰もが心から思っている。

それを感じ取り、ルイゼが顔を綻ばせると――そこでようやく、彼らはもうひとりの来客の存在に気がついたようだった。

「あれ？　っていうかルキウス殿下だ。やだ、久しぶりですね。七年……いや、八年ぶりくらい？」

ルキウスがぼやく。

「お前たちは、十年経ってもまったく変わらないな……」

「「「――いや、確かにメンツ的には変化してないですけども!?」」」

あまりに息が合った返しにびっくりするルイゼを、庇うようにすすっと前に出るルキウス。

「魔道具研究所ってぶっちゃけ落ち目の落ち目というか、人材の墓場というかねぇ……」

「新卒入所してこれからの未来に目を輝かせていたおれも、今やくたびれた三十路手前っス……」

「しかし一応、給料的には上級役人ですしっ？　実家に仕送りできてますしっ？」

「実家の話はやめて！　いつ結婚すんだって延々とうるさいんだから！」

そこで焦げ茶色の髪の毛の男性が、にやにやと笑いながらルキウスとルイゼを交互に見る。

「というかルキウス殿下こそ、ここに女の子連れて来るなんて初めてじゃないスか。もしかして……婚約者だったり⁉」

思いがけない指摘にどきっとするルイゼだったが、

「いや、違う」

ルキウスはきっぱりと否定する。

一瞬、胸がちくりと痛むが……ルキウスはすぐに続けた。

「俺が口説いている真っ最中だからな」

それを聞いたルイゼの頬に一気に熱が上る。

（くっ、口説いているって！）

あのバルコニーでの宣言からすれば、その通りなのかもしれないが……そう言葉にされてしまうと、恥ずかしいやら困るやらで、ルイゼはどうしようもなくなってしまう。

だが、その動揺を分かっているのかいないのか、ルキウスはなぜかルイゼの方を見ようとしない。

「で、殿下のほうが口説いてるの⁉　何それ二人のなれそめを詳しく！」

「いつのまに成長して……おれが入所した頃は、まだこーんなちっちゃい坊ちゃんだったのになぁ」

「この若さは、四十路が浴びるにはあまりに眩しすぎるなー……ちょっと仮眠室行ってきます」

「あ、自分も行きます……」

からかわれているのか本気なのか、騒いだり沈んだりしている四人にあたふたしていると。

——急に、足元がぐらっと揺れた。

「きゃっ」

転倒しかけたルイゼの肩を、すかさずルキウスが支えてくれる。

視界の端では眼鏡の研究員も水で滑って転んでいたのだが、それは無視するルキウスである。

「あ、ありがとうございます。ルキウス様」

「……ああ。しかし大きな地震だな」

ルキウスの言う通りかなりひどい揺れだ。

だがそれも数秒も経てば収まった。ほっと息を吐くルイゼを安心させるように、イネスが微笑む。

「大丈夫よ。ここじゃよくあることだから」

「でもここまでの揺れは初めてだな……」

「よっぽどひどい暴発でもあったんじゃない？　まあ、そんなことよりも」

イネスに目線を飛ばされた——室長だという中年男性が、分かっているというように頷く。

彼はルイゼの元に近づいてくると、そっと右手を差し出してきた。

「レコットさん、見た通り賑やかな職場なんだけれど……これからよろしくね」

「——はい。こちらこそ」

その手を、強くルイゼは握り返したのだった。

◇◇◇

ルイゼとルキウスが研究室に辿り着いたのと、ほぼ同時刻の頃。

意気揚々と王宮を出発したフレッドとリーナは、魔道具研究所へと到着していた。

凱旋《がいせん》のような心持ちで、受付の女性にフレッドは堂々と名乗ってみせた。

「……許可証はお持ちでしょうか？」

しかし返ってきたのは、そんな淡々とした返事で。

出鼻をくじかれながら、フレッドは問うた。

「…………許可証というのはなんだ？」

「所員でないお客様の場合は、視察の許可証や認定証をお持ちかどうか受付で確認させていただいております」

そういったものはお持ちですか？　と受付が首を傾げる。

フレッドは鼻白む。なんだそんなこと、と馬鹿らしくなった。

「それなら問題ない。魔法省の副大臣サミュエル・イヴァより許可は得ている」

「申し訳ございませんが、イヴァよりお二方の訪問のご連絡は受けておりません」

唖然とするフレッドの横からリーナが飛び出すようにして、受付の机を叩いた。

一瞬にして、周りの目が二人に向けられる。しかしリーナは気にせず、むしろ大声で言い放った。

「許可証だか認定証だかよく知りませんけど、わたくしはあの魔法学院を首席で卒業した才女リーナ・レコットですわ。あなたもわたくしの名前くらいはご存じでなくって？」

「……お名前は存じ上げています」

「フフッ。それならば、良いでしょう？　リーナ・レコットと王族であるフレッド・アルヴェイン様がここを通りたいと言っていますのよ」

だが受付のほうはどこ吹く風といった様子だった。

「当研究所では危険物の取り扱いもございます。王族の方であっても、無許可の方はお通しできません」

「……そこまで言うなら教えてさしあげるわ。わたくしの父は、魔法省の大臣ガーゴイン・レコットなのよ？」

「それも存じ上げておりますが、今回のご訪問とは関係ないかと」

リーナは言葉を失っていた。

わなわなと震え、女性に掴み掛からんほどの勢いで叫ぶ。

「……このわたくしに向かって、なんたる侮辱かしら!?　あなたみたいな頭が固い能なし女、お父様に言えばすぐクビになるわよっ!!」

「何を言われようと、許可のない方はお通しできません」

「っ、何度も言っているだろう！　副大臣から許可は得ているのだ！」

しかしフレッドを見返す目は冷たい。

「参考までに、どういったやり取りか教えていただけますか？」

「それはっ――」

フレッドは思わず黙り込んだ。

（……サミュエルはなんて言っていた？）

遠い記憶ではない。思い返せばすぐ、頭の中に彼とのやりとりが浮かんだ。

『フレッド殿下の新しい婚約者であるリーナ・レコット伯爵令嬢は、実に優秀な方でいらっしゃるとか。あの魔法大学の推薦すらも蹴ったと、魔法省でも話題になっていたんですよ』

『そうなのか、さすがリーナだな』

『我々の魔道具研究所はなかなか、大学に対してうだつが上がらない状況でしてな……もしもレコット伯爵令嬢が入所していてくれたら、研究員たちの熱意も違っていたかもしれません。ハハッ、今となっては過ぎた話ですが』

その時点になり、ようやく――フレッドに冷静さが戻ってくる。

（……サミュエルは、別にリーナに魔道具研究所に来てほしいとは……言っていない）

あのときはフレッド自身が仕事に追われ、疲れ切っていて――ただ、言葉の端々を聞いて、『本当か⁉』と舞い上がってしまったのだ。

リーナが必要とされている。リーナが実力を発揮できる場所がある。そんな風に感じて。

つまり……フレッドの確認不足だ。

これはリーナへの正式な依頼ではなかった。

あんなのはただの世間話だ。サミュエルにも、そんなつもりは毛頭なかったに違いない。

「す、すまないリーナ。これは僕が……」

言い掛けたフレッドだったが——そのときにはリーナは受付の制止を振り切って階段の手すりを掴んでいた。

「リーナ⁉」

裾が長い華美なドレスの裾を踏みそうになりながらも、リーナがずんずんと階段を上がっていく。

フレッドは慌ててそれを追う。受付の女性が警備を呼ぶためか、机の下にあるスイッチらしきものを押しているが、もはやそれどころではない。

二階に上がると、リーナはちょうど手前の部屋に駆け込んだところだった。

本来ならカードキーがないとドアは開かないようだが、ちょうど研究員たちが入室しようとしていたのだ。

横のプレートには『第一実験室』と書かれていた。ドアが閉まりきる前に、フレッドも滑り込む。

「リーナ！」

だが、フレッドが止める声は間に合わなかった。

「わたくしはリーナ・レコットですわ！」

名乗りつつも、ぜえぜえと肩で息をしているリーナ。

所員たちは、唐突に部屋に現れた少女を前に、全員が何が起こったか分からないという表情をしている。

何人かがひそひそと囁き合った。

「……リーナ・レコットって確か……」

「気軽に呼び捨てないでいただける？　今日はわたくし、あなた方に魔道具について指導するためにはるばるやって来ましたのよ」

空気が凍りつく。

フレッドも頭を抱えたくなった。リーナの言い方があまりにも高圧的だったからだ。

所員たちの表情に気がつかず、リーナはさらに続けた。

「華々しい魔法大学に比べて、魔道具研究所がどうしようもない組織であることはよく知っていますわ。大学から魔道具生産の権利だけを買い取った、工場まがいの場所ですわよね？」

――痛いほどの沈黙が、室内を満たした。

フレッドが恐る恐ると確認すれば……所員たちがリーナを見る目には、今や困惑どころではない怒りと敵意だけが浮かんでいた。

フレッドの頭の中は真っ白だった。あまりにも考えなしで発言するリーナを前に、思考が停止しているのだ。

話が通じない相手だと認識したのだろう。

室長のカードキーを下げた初老の男性が、厳しい表情でフレッドを振り返る。

「フレッド・アルヴェイン殿下……であらせられますね。我々は何も聞いていません。これは一体どういうことなのか、教えていただけませんか？」

本来は王族であるフレッドが口を開かなければ、彼の発言は許されない。

しかしそんなことを注意していられるほどの、生やさしい状況ではなかった。

誰もが動けずにいる中、リーナだけはまるで自由な小鳥のように振る舞っている。

彼女は今さらのように実験室の中を見回し、とある物に気がついた。

机の上に置かれたそれは、四角い形をした白い小箱のようだった。

それをオモチャのように気軽に手に取るリーナ。

「ああ、これが魔道具かしら？」

その行動に周囲が大きくざわつくが……室長が落ち着いた声音で呼び掛ける。

「リーナ・レコット伯爵令嬢。どうか手をお離しください。その魔道具は生産途中の魔道具の一種で、危険な物です」

「いやよ。わたくしのほうがあなた方よりうまく扱えるもの！」

リーナは相手にもせず、小箱の中を覗き込んだ。

「ああ、これ……学院の授業で習ったことあるわ。魔術式だったかしら」

はらはらとリーナの様子を見守りつつ、フレッドは初老の男に訊いた。

「おい。あの魔道具はどういうものなんだ？」

「……火の魔石を使った、爆発の魔道具です。橋の解体用に使う物の試作品ですが」

「ハァ⁉　そんなの、すぐに止めないと――」

「それはもちろんですが……床に落とされでもしたら、そのほうが大惨事です」

室長の顔色はすっかり青くなっていた。他の所員たちも同様だ。

フレッドはごくりと込み上げてきた唾を呑み込んだ。緊張感のあまり、四肢が震えている。

「り、リーナ……その魔道具をぼ、僕に渡してくれないか」

そのときだった。

フレッドの呼び掛けなど無視して鼻歌さえ歌いながら、リーナがケースに仕舞われた魔石を手に取ったのは。

「知ってるわ。こうやって魔石を入れてやれば、魔道具が発動するんでしょ？」

リーナの手が、無造作に魔石を掴んで箱の中に放り投げる。

その腕がそのまま、箱の側面にあるボタンに触れた瞬間……フレッドは自分でも信じられない速度で駆け出していた。

「う、うわあああっ!!」

情けない悲鳴を上げながらもリーナの手から魔道具を奪い取り、空中に投げる。

次の瞬間には壮絶な爆発音が鼓膜を揺らし、赤い炎の波が膨れ上がり――、

――大きく、世界が揺れた。


フレッドはリーナの上に覆い被さるようにして彼女を守っていた。

それでも爆風によって吹っ飛ばされ、リーナごと壁に激突してようやく止まる。

……数十秒後、ようやくフレッドは上半身だけを起こした。

辺り一面は煙に覆われている。

しかし燃料となった魔石の量が少なかったためか、引火はしなかったらしく……硬い素材で造られた実験室の壁と床も、どうにか爆発の衝撃に耐えたようだ。

机の下に素早く避難していた所員の何人かは激しく咳き込んでいるが、ひどい怪我人はいないようだ。

「り、リーナ……大丈夫か？」

フレッド自身も身体の痛みを堪えつつ、リーナに呼び掛ける。

しかし、目を見開いたリーナが叫んだのは……信じられない言葉で。

「――わ、わたくしのせいじゃありませんわ!!」

フレッドは一気に絶望の淵にたたき落とされたような心地になった。

目の前が真っ暗になっていくような感覚に、呼吸さえ止まる。

（一言目が、それなのか………）

フレッドと目が合ったリーナは、忌々しげに舌を鳴らすと颯爽と立ち上がる。

そして、未だに咳き込む所員たちを指さした。

「わたくしはなんにも悪くないわ！　あなたたちが、不良品を造ったのが悪いんでしょう!?」

「リーナ……君は……」

「最低だわ！　頼まれたって二度とこんな場所には来てやらない!!」

言いたいことを好きなだけ言うと、リーナは立ち上がる。

煤けたドレスを引き摺って、部屋から飛び出していくリーナの後ろ姿を見送る気力もなく……フレッドはその場にへたり込んだ。

「……はは、ははは、はは………」

なぜだか笑いが止まらなかった。

視界の端で、警告するような赤い光がチカチカと光っているような気がした。

◇◇◇

翌日も、ルイゼとルキウスは魔道具研究所へとやって来ていた。

というのも、二階の実験室で何か大きな事故があったらしく、所員以外は一時帰宅するようにとアナウンスがあったからだ。

幸い怪我人は居ないと聞いてほっとしたが、やはり魔道具研究所という名前通り、危険な魔道具も数多く扱っているのだろう。

「昨日の地震は、その事故の影響だったんでしょうか」

立入り禁止になっている二階を通り過ぎながらルイゼが訊くと、ルキウスは少しばかり沈黙してから「そうだな」と答えた。

(もしかして、ルキウス様は事故の原因について詳しくご存じなのかも……)

訊いてみようかとも思うが、ルキウスにそのつもりがあれば既に話してくれているはずだ。

そうしないということは、彼にとって相応の理由があるということなのだろう。

なら、無理に聞こうとはルイゼは思わなかった。

三階の第三研究室に着くと、笑顔で四人が出迎えてくれた。

「こんにちは、皆さん」

ルイゼは丁寧に頭を下げる。

すでに自己紹介も受けていたので、全員の名前はしっかり記憶していた。

ツリ目と、大人っぽい泣きぼくろが印象的な紅一点がイネス。

弱気そうな黒髪眼鏡の男性が、ハーバー。

やんちゃそうな糸目の青年は、アルフ。

そして術式刻印課・第三研究室の室長である中年男性がフィベルトである。

「おお、ルイゼちゃーん！　いらっしゃい！」

さっそくイネスが駆けつけ、ルイゼの両手を取って嬉しげに振る。

「ルイゼちゃん」呼びも、そんな風な気さくな態度にも不慣れなルイゼは照れ笑いを浮かべた。

フィベルトも近づいてくると、頭を掻きつつルイゼに言う。

「昨日はごめんねぇ。爆発の件もあってゴタゴタしちゃって」

「なんかよく知らないけど、不法侵入者が居たとかで結構大変だったみたいよ！」

「えっ……？　不法侵入者？」

（本当に大丈夫だったのかしら……）

心配になるルイゼだったが、そこで「ハァ」と大きな溜め息が聞こえてきたのでそちらに目を向ける。

溜め息の主はハーバーとアルフの二人だった。

「あの、どうかされたんですか？」

「ああ、レコットさん……」

「いやぁ、一ヶ月前に申請に出した【泡発生器】が審査を通らなかったんスよ……」

手元の書類を見つめてみると、どうやら入浴の際に大量の泡を湯の中に発生させる魔道具らしい。

浴槽の中にたくさんの泡が生み出された光景を想像してみて——ルイゼはなんだかわくわくとした心持ちになった。

「楽しそうな魔道具ですね！」

「だよね!?　おれもそう思うっス！」

「何言ってんのよ。出力が強すぎて泡で窒息しかける不良魔道具じゃない」

しかしイネスに容赦なく指摘され、ますますハーバーとアルフは落ち込んでしまった。

「あーあ。おれらは魔道具開発の実績もないし……」

「毎年のようにゴリゴリと予算は削られていくし……」

「【虹色水晶】も水が垂れ流しだし……」

「でももう申請に出しちゃったし……」

（なるほど。だから昨日も、魔道具を開発しようとしていたんだわ）

魔道具開発において、魔道具研究所がイスクァイ帝国の魔法大学に劣っているのは周知の事実である。

おそらく、その実情を改善しようと研究所では積極的に新魔道具開発の取り組みが行われているのだろう。

だが彼らの話を聞いていて、ルイゼにはひとつ不思議なことがあった。

「あの、ルキウス様が開発された魔道具は……」

そう。ここに居るルキウスこそ、魔道具開発の分野においては国内外で知らない者が居ないレベルの実力者なのだ。

幼い頃からルキウスがここに通っていたなら、彼が開発した【通信鏡】などの魔道具は第三研究室の実績にもなっているのではと思ったが。

「ああ。それなら俺は研究所の中に専用の部屋を持っているから」

こともなげに答えるルキウスを、恨ましげ――もとい、羨ましげに見遣る面々。

だがルイゼだけは納得していた。

(さすがルキウス様……！)

ルキウスの場合、王族だからといって特権が発動されたわけではないだろう。

本人の実力が、それに足ると認められたからこそ彼のための部屋が用意されたのだ。

ルキウスに憧れの眼差しを向けるルイゼに気がついたのか――イネスが、どこかしょんぼりとした様子で呟く。

「ルイゼちゃん、ごめんね……。研究所がこんな情けないトコで幻滅したでしょ？」

それを聞いたルイゼは首を左右に振った。

「そんなことありえません。魔道具研究所は、私にとって憧れの場所のひとつですから」

「……えっ⁉　ここが⁉」

イネスが叫び、『正気か？』みたいな目を全員から向けられる。

しかしもちろん本心だった。

「便利な魔道具を使うたびに、いつも感謝していました。これを生産してくださっている方々の緻密な作業と、凄まじい努力に」

魔道具はどれも便利なものばかりだ。

火を熾すにも材料がいる。きれいな水を使うには設備が必要で、光を灯すには道具が要るのだ。

その希望までの道を大幅に省略してくれるのが魔道具なのだと、ルイゼは思う。

では、それはなぜ実現できているのかといえば――当然、開発者の閃きと努力あってのものだが。

それ以上に、奇跡を多くの人々の手に届けているのは、他ならぬ魔道具を大量に生産する人々なのだ。

魔道具そのものを組み立てる人々と。

そして組み上がった魔道具に、魔術式を刻む人々がいるからこそ。

(単純な仕掛けの魔道具なら、魔術式も短く一単語で済んだりするけれど……そればかりじゃないから)

「昨日の水晶に描かれた魔術式も、とっても美しくて――私、思わず見惚れてしまったんです」

はにかみながら、ルイゼが思いを伝えると。

黙って話を聞いていたイネスが、そっ……と、その手を取った。

「……ルイゼちゃん。やっぱり第三研究室《ウチ》の子にならない？」

「えっ！」

（また誘われてしまった！）

驚くルイゼだったが、今日の場合は他の所員たちもハイハイと手を挙げている。

「賛成！　レコットさん、ぜひ自分たちと一緒に仕事しましょう！」

「おれも！　疲れ切ってすり減った精神を癒してほしいっス！」

「お前たち……」

ハーバーとアルフが涙さえ流す勢いで訴えるのを、室長のフィベルトは肩をすくめて見ている。

だがそんなフィベルトも苦笑しながらルイゼを見つめ、

「……レコットさん、ありがとう。僕らはそんな風に誰かに感謝される経験がほとんどないから、君の言葉は本当に嬉しい」

それから、真剣な表情になると。

「その上で、改めて聞くよ。君が特別補助観察員になったのには、何か目的があるんじゃないかな」

「……！」

ルイゼは息を呑む。フィベルトの言う通りだったからだ。

もちろん、研究員たちの仕事を傍で見たいし、勉強がしたい。実際に魔道具を生産する現場で、学ぶべきことはいくらでもあるはずだ。

だが――それ以上に、ずっとルイゼには考えていたことがある。

(私の夢)

今も目蓋を閉じれば、緑柱色《ベリル》の双眸をした悲しい微笑みが見える。

そして、大量の血の中で、ルイゼがどんなに泣き叫んでも動かなかった彼女の姿が同時に浮かんで……思い出すだけで、息が苦しくなった。

もしもあのとき、それがあったのならば――きっと、救えた人たちが居た。

助けられた命が確かにあったはずだ。

(……私が、やらなければならないこと)

叶う機会は、もうないのだと思っていた。

魔法省や魔法大学――魔道具と関わるための道は、全て鎖《とざ》されてしまっていたから。

けれどルキウスが手を差し伸べ、アグネーゼが機会を与えてくれたから。

だから今、ルイゼはこの場に立っている。

「私、治療用の魔道具を造りたいんです」

驚きの声があがった。

むしろ広がったのは戸惑いだったのだろう。ルイゼの言葉の意味を計りかね、所員たちは顔を見合わせていた。

おずおずと、イネスが問うてくる。

「治療用の魔道具って……聞いたことないけど、そんなものがあるの？」

「……いえ、私が知る限り実在していません。だからこそ、造りたいんです」

ルイゼははっきりと伝える。

フィベルトが「そうか」と呟く。

「僕たちは、そもそも生活魔道具専門の部署だからね……大して力にはなれないだろうけど」

そう言いながらも、フィベルトは微笑んでくれた。

「でも、君の夢を応援しよう。魔道具を愛する同志としてね」

「フィベルト室長……ありがとうございます」

そして、しばらく黙っていたルキウスが歩み出た。

ルイゼは思い出す。彼と王都で魔道具店巡りをした頃、思わず治療用の魔道具の話をしたことがあったのだ。

そのときも、ルキウスは今と同じ思慮深げな眼差しをしていて――。

しかし決して、ルイゼの言葉を笑ったりはしなかった。

「ルイゼ。俺も手伝っていいか？」

「……もちろんです。ルキウス様が手伝ってくださるなら、これ以上に心強いことはありません」

（それこそ、ルキウス様と一緒なら――不可能だって可能になってしまう気がする）

心の声さえも伝わったのだろうか。ルイゼを優しい双眸で見つめ、ルキウスが美しく笑った。

それだけで身体の底から力が湧いてくるような気がして、ルイゼも柔らかく微笑む。

そこで「ゴホン！」と咳払いの音が響いた。

何かと思えば、イネスを筆頭に全員がジトッとした目でこちらを見ている。

「……甘い。甘いわ二人とも！」

「そ、そうですよね。そう簡単に魔道具が造れたりはしませんよね……」

「いやそっちじゃなくてね。雰囲気のほうよルイゼちゃん！」

（雰囲気……？）

ルイゼはルキウスと見つめ合い、そろって首を傾げる。

なぜか唐突にハーバーが「仮眠室……」とふらつきながら去って行った。体調が悪いのだろうか。

そんなハーバーを哀れみの目で見送った三人が、ルイゼに向かって一斉に言う。

「設備は好きに使ってくれて構わないよ。でも魔石を使うときは僕に聞いてからで」

「分からないことがあったらなんでも聞……いや、むしろおれが聞く側っスね！」

「アタシたちは基本的には魔道具の製造の仕事があるけど、いつでも声掛けてね」

そんな温かな言葉に――ルイゼは満面の笑みで応じる。


「はい。ありがとうございます！」

まだ、ルイゼ自身も知りようはないことだったが。

これこそが彼女の遥かなる旅路の、その始まりだった。

書き下ろし番外編

秘書官は内緒にする

ルキウスへの拝謁を希望し、ルイゼ・レコットが東宮にやって来た――。

そんな一報を文官から受けたイザックは、意気揚々として彼に伝えた。

「ようし分かった、彼女はこのオレが出迎えよう。……来客対応中のルキウスには、数十分後にルイゼ・レコットが来たと報告を入れてくれ」

「は。……ええと、数十分後、でありますか？」

「そうだ。よろしくな」

ポンポンと肩を叩いてやると、まだ若い文官は「はぁ」と小首を傾げている。

そんな彼を放置して、イザックは陽気な気分で東宮の警備の詰め所へと向かう。

（ようやく来たな、このときが～！）

そしてイザックは、不安げな顔をして詰め所前に佇む彼女に明るく声を掛けたのだった。


「おお！　マジでルイゼ嬢――じゃなかった。初めまして、ルイゼ・レコット伯爵令嬢」


そうして挨拶を交わしたあと、現在である。

食堂の奥にあるソファ席で向かい合って、イザックとルイゼは話していた。

思いがけずというべきか。ほぼ初対面だというのに、イザックとルイゼの会話は弾んでいる。

無論それは、未婚の男女らしい色気のある会話などではまったくなく……先ほどからイザックは、幼少期の頃の自分とルキウスのエピソードばかりをルイゼに延々と聞かせているのだが。

というのも、ルイゼ自身がそれを聞きたいと言い出したからである。

「他にもぜひ、お二人のお話を聞かせてください。タミニール様」

宝石のように美しい瞳をキラキラと輝かせるルイゼ。

最初は、大して珍しくもない、遠慮がちで控えめな令嬢だと思っていた。

しかし男ふたりがメインの下らない思い出話を、うんうんと楽しそうに頷きながら聞いて、それが魔法や魔道具の話となると「もっと！」と言うようにニコニコしている貴族令嬢なんて他には居ないだろう。

たぶん、どの話も本当に楽しくて仕方がないのだ。そのおかげでイザックも、話すつもりがなかったことまでペラペラと口にしてしまっている気がする。

（なんだろうな。調子を崩される……いや逆か。こっちの調子が良くなるというか）

特別に、話術に優れているというわけではない。それだけならば、得意な女性というのは何人も相手にしてきた。

この十年間、イザックは国外に留学したルキウスの代理として、様々な宴やパーティーなどの催しに出席してきた。

その度に言い寄ってくる令嬢たちは、正確に数を把握しきれないほど居て……そしてその全員が第一王子の秘書官であるイザック自身に目を付けているか、イザックの後ろにルキウスの姿を透かして見ていた。

利害目的で近づいてくる人間というのは分かりやすい。本人が隠しているつもりでも、イザックの目からすれば一目瞭然だ。

だが、そのどちらともルイゼは違うようだった。

たぶん、彼女を突き動かしているのは純粋な好奇心だけで――その真ん中に、ルキウスへの隠しきれない好意が滲んでいて。

(どんな娘《コ》かと思ったけど。これは、ルキウスが惚れ込む理由も分かるというか)

イザックは笑みを深めながら、

「オレの話ばっかりじゃなくて、ルイゼ嬢の話も聞きたいけどな」

「私の……ですか?」

「そうそう。ルキウスのどこに惚れているのか――とかな?」

「……っ!」

薔薇《ばら》色の頬にほのかな朱色が差す。

その表情は、イザックの目からしてもあまりに可憐で……思わず、焦って周囲を見回した。

この場面をヤツに見られていたらおそらく、命が危うい。

(……だ、大丈夫だ。まだ来てないな、セーフ)

イザックが汗を拭っていると、ルイゼは数秒の沈黙のあとに。

「…………タミニール様こそ、ルキウス様のどんなところに惚れてらっしゃるんですか?」

どうやらからかったのがバレたらしい。

じとっとした目つき――ただし迫力は皆無である表情で見つめられ、イザックは噴き出しそうになる。

（面白いなー、ルイゼ嬢。意外とやり返してくる！）

さすがルキウスに「あーん」され、めげずに「あーん」返しをした令嬢。

どうやら大人しそうに見えてかなりの負けず嫌いのようだ。心の中のルイゼ分析メモに、イザックは新たに一筆を書き加えた。

「それで、どんなところに？」

今も勢いづいて身を乗り出してくるルイゼを躱せず、イザックはうーんと唸る。

「惚れたっつうとアレだが……まぁ、そうだな……」

イザックは言葉を濁しつつ頬を掻く。

（ドラマチックな、劇的な何かがあった――ってわけじゃないんだよなぁ……）

◇◇◇

イザックの母カミラは、かつて王宮女官として勤めた人だった。

それも元はイミテニアム公爵家の娘であったオーレリアが十歳にして、十六歳の王太子フィリップに王太子妃として嫁いでからしばらくの、筆頭女官としてである。オーレリアはずいぶんとカミラに懐き、気に入っていたそうだ。

女官の勤めを終えたあと、トナ地方を治める辺境伯にもらわれ王宮を辞したのだが……そこでの暮らしでカミラが困ったのは、水の質が身体に合わなかったことだ。それは慣れない土地で生活する彼女をさらに苦しめた。

それを知ったオーレリアがカミラに声を掛けたのだ。もしかすると自身の懐妊が分かった直後で、オーレリアも心細かったのかもしれない。

一時的に王宮に戻り、生まれてくる自分の子の乳母にならないか——かつての主君の提案にカミラは一も二もなく頷き、大きくなり始めたお腹を抱え、再び王宮へと参じたのだった。

イザックから数週間のあとに、ルキウスは誕生した。

初産というのもあり、かなりの難産だった。十六歳のオーレリアは、苦しみ続けた末にどうにかルキウスを産み落とした。

記録を見る限り、出生体重もかなり軽かったようだ。侍医が力を尽くし、母子共になんとか容態が安定したのは僥倖だったとしか言い様がない。

歴代の王族は美男美女揃いだがその中でも赤子のルキウスはそれはもう格別だったらしく、神に愛されし子だともて囃《はや》された。

ルキウスの誕生を祝して海外からも賓客を招き、国を挙げての盛大な宴が開かれた。神殿でも祝福の儀が執り行われた。アルヴェイン王国はしばらくの間お祭り騒ぎだったという。

だがイザックにとっては、ルキウス・アルヴェインはただのルキウスでしかなかった。

珍しい銀髪をしていて、顔が女の子より恐ろしく綺麗なだけの同い年の少年だ。

物静かで、いつも読書ばかりに耽《ふけ》っているという愛想のない子どもだったが——イザックとルキウスは幼なじみで、兄弟で、紛れもない家族だった。

物心つく前から、イザックは当然のように、どこまでもルキウスと共に在ろうと決めていた。

母であるカミラは、二人を乳母として分け隔てなく育てた。

オーレリアはルキウスを産んだあとも数年間の間は体調を崩しがちで、子どもの世話をできる状況ではなかったからだ。

そのせいで国王フィリップは、何かと幼いルキウスに冷たく当たった。どうやら寵愛する王妃の体調不良の責任を我が子に押しつけたかったらしい。

若くして亡くなった先王から王位を継承したばかりというのもあり、あの頃のフィリップにはそうした理不尽な振る舞いが多く、度々臣下を悩ませていた。

それでも幼いイザックにとっては、広々とした王宮暮らしは単純に楽しいものだった。

時々ルキウスを連れ出し、商家の子どもの振りをして王都を駆け回ったこともある。あとで母にこっぴどく叱られても、イザックはへっちゃらだった。

しかし――次第に、ルキウスがふつうの子どもではないということを、イザックも理解せざるを得なくなっていった。

「なるほど……これは素晴らしい。ではルキウス殿下、さっそくこの設計図をお借りしても？」

王都にある貴族学校にイザックが通い始めた頃だ。

六歳を迎えた貴族の子弟は学校への入学が認められるが、王族であるルキウスは家庭教師を雇っていたので学校には通わなかった。

そしてイザックが目にするたび、ルキウスは白衣を着た大人に囲まれて、イザックにはよく分からない難しい会話をしていた。

魔道具研究所特別補助観察員――だとかいう肩書きを得てから、そういうことは増えていた。

「ああ。なるべく完成は急いでくれるか」

「承知いたしました」

子どものものと思えないほど冷静な表情と声色で、背丈の高い大人相手に物怖じせずに指示していたルキウスだが、イザックに気がつくと彼らに断りを入れてから近づいてきた。

「今日は早いな」

「おう。明日から建国祭だろ？　だから授業も早めに切り上げるんだと」

学校では、イザックには多くの友人ができた。

貴族の子どもと言っても、騒がしい連中も多い。毎日馬鹿騒ぎをするのも珍しくなかったが、同年代の彼らに比べてルキウスの声はずっと静かだ。

「で、さっきはなんの話をしてたんだ？」

イザックが問い掛けると、ルキウスは「ああ」と頷く。

「提案したんだ。硬水を軟水に変える魔道具を造ってはどうかと」

「こーすい……なんすい？」

聞いたことのない単語にイザックが目をぱちくりすると、ルキウスが説明してくれた。

カミラが辺境の水が合わないとたまに愚痴を漏らしていたため、ルキウスはその理由をひとりで調べていたらしい。

ルキウスによると、その原因は石灰だったのだと言う。

トナ地方には鉱山が多く、王国内でも有数な鉱石や魔石の産出地として知られている。

そしてトナ地方の多くの地域では、岩盤から湧き出す水を飲み水や生活水として使っている。

しかし石灰が溶けた水は生まれてこの方ずっと王都暮らしだったカミラに合わず、食事は喉を通らなかったし、肌や髪の毛も荒れるようになり彼女を苦しめたのではないかと。

「硬水を沸騰させると、石灰が沈殿するんだ。沸騰機能と、沈殿した石灰を取り除くフィルターを取りつけた魔道具を考案した」

イザックが首ごと身体を傾けつつ、

「つまり……それがあれば、母さんが大助かりってことか？」

と阿呆みたいなことを訊くと、「完成すればね」とルキウスが頷く。

よく分からないが、それは結構すごいことなんじゃないかとイザックは思った。

母は既に乳母の役目を終えて辺境に戻っていたが、未だに愚痴の手紙が度々送られてきていたので。

それなのに、ルキウスはそんなすごい発明を誇るでも、気取るでもなく――なんでもなさそうな顔をしていて。

（……めちゃくちゃ格好良いな、コイツ）

とイザックは率直に思った。

しかしそれをそのまま口にするのはなんだか恥ずかしくて、わざと陽気な声を出した。

「へぇ。やっぱルカすげぇなあ。母さん喜びそう」

するとルキウスが一拍遅れて噴き出したので、イザックは「なんだよ」と目を丸くした。

「いや……お前と居ると楽だと思って」

（オレ馬鹿にされてる？）

とイザックは思ったのだが、ルキウスはなんだか気が抜けたような表情をしていて、それを見ていたらいろんなことがどうでも良くなった。

たぶんイザックと一緒のときは気が休まるのだと、そうルキウスは言ったのだ。

ルキウスはいつも、誰もが通り過ぎていくところで立ち止まって、何かを真剣に吟味するような子どもだった。そうして気がつけば、誰も思いつかないようなことをやってみせて周囲を驚かせる。

ルキウスは魔法が好きで、それ以上に魔道具が好きだった。本当はそれだけの単純なことだった。

しかし周囲はルキウスを褒め称え、神童だと囃し立てた。幼い第一王子に取り入ろうとする者は数え切れないほどに多かった。

国王にオーレリアの他に妃がおらず、ルキウスに兄弟姉妹が居ないという現状も大きかった。

このまま十数年が経てば間違いなく、ルキウスはアルヴェインの名を背負って立つこととなる。ルキウスを見ているようで、彼を取り囲む人々の多くは気が早いことに未来の賢王の姿をそこに夢見ていた。

王宮という場所は——否、この王国は、ルキウスにとってはただの狭い檻のようなものだったのだろう。

一度、イザックはルキウスに訊いたことがある。

お前は、人間より魔道具が好きなのか——と。

今になって思うと本当に馬鹿げた質問なのだが、ルキウスは一切の躊躇いなくその問いに頷いた。

理由を訊けば平然と。

「だって魔道具は喋らないし、嘘を吐かないだろう?」

イザックは唖然としたが、ルキウスは本気だった。

ルキウスには他人への興味が極端に薄かった。彼の生まれた場所が、育ってきた環境が、そして本人の類い稀なる素質が——ルキウスを、どうしようもなく孤独へと追いやっていた。

「人間は面倒くさいよ」

疲れたような響きを持つその言葉に、どう相槌を打ったものか分からず……イザックはぼそっと口にした。

「……オレは、喋るしたまに嘘も吐くけど」

「お前はいいよ。どうせ大した嘘じゃないし」

「なんだと」

イザックはふざけてルキウスの髪の毛をがしがしとかき回した。おいコラ、やめろと言いながらルキウスが睨んでくるので、イザックは声を上げて笑った。

こんな風にやり取りできるのも、ルキウスが自室から近衛騎士たちを下がらせたときくらいだ。

人前では、もうイザックとルキウスは家族のように気兼ねなく振る舞うことは許されなくなっていた。

ちなみに火山や鉱山がある地域を中心に、ルキウスが開発——もとい考案した魔道具は、別の人間の名義としてだが販売され、そしてかなりの売上を誇ったらしい。

なんでルキウスの名前が使われないのか、とイザックが勝手に憤慨していると、『俺が成人を迎えていないからだ』とルキウス本人が淡々と事情を教えてくれた。そういうところもやはり、ルキウスは格好良い。

ルキウスの実母であるオーレリアはといえば、カミラのための魔道具を息子が考えたと知りちょっとショックを受けたそうだ。

ルキウスに魔道具の感謝を伝えに来たカミラは、笑いながらそんなことを言っていた。

その八年後、ルキウスは【眠りの指輪】なる新たな魔道具を開発し、眠りの浅いオーレリアは大層喜んだのだったが……それが母を気遣っての製作だったのかは、いまいち不明である。

なぜならその後も、ルキウスは周りを驚かすような魔道具を考案し続けたからだ。

◇◇◇

二人が十五歳になり、魔法学院に入学したときの注目度も壮絶だった。

ルキウスの側近の位置を狙う貴族は無論だが、女子を中心にその視線は大変なまでに熱っぽかった。

何せ若き美貌の王子・ルキウスにはまだ婚約者が居ない。我こそはと志願する女子が後を絶たないのも当たり前だ。

そしてその八割方は素っ気ない態度を取られ撃沈した。泣かせた数は、恐らく女生徒の半数以上に上るのではなかろうか。

彼女たちが密かに、氷のよう、などとルキウスを例えていることも知っている。

ルキウスもきっと気づいているだろう。だが、やはり何も言わない。相手をするのも面倒だと言わんばかりに、美しく孤高な彼は周りの人間を歯牙にもかけない。

「オレ、また女の子に告白されちゃったよー」

本日も緩みきった顔で報告するイザックに目も呉れず、ルキウスは何やら分厚い魔導書を捲っている。

次にルキウスが取り掛かっているのは、離れた場所同士の音声と映像とを繋ぐ魔道具開発だそうだ。もはや、イザックの頭では説明を受けてもどういう代物なのか想像もつかないのだが。

学院に入学した直後、ルキウスは魔法大学からの推薦《スカウト》を受けていた。入学試験まではまだ日があるが、それに彼が合格する未来を疑う者は国内には居なかったと思う。

それはルキウスの父親であるフィリップも同様だった。

フィリップはルキウスの留学に反対していた。その理由は、王族が他国に、しかも供もつけられない環境に身を置くことを危険視してのことだった。他国に居ては王族としての公務を果たせないことも理由として挙げられた。

だが本音は違っただろう。フィリップは早くルキウスに王位を譲りたかったのだ。フィリップは馬鹿ではないが賢い王でもない。王位にあることの重圧から、早々に逃れたかったのだろう。

全ての責を、優秀だと誰もに認められる息子に押しつけたくて仕方がなかったのだ——と言うとフィリップが悪人のようだが、彼の気持ちも分からなくはない。

それほどまでにルキウスは常人離れしていたからだ。何せ、大喧嘩中の国王を説得するために未だかつてないレベルの魔道具造りに着手するような男なのである。

しかし実は、応援すると表向きは言っておきながらも、少なからずイザックも国王と同じ意見を抱いていた。

(数年間……場合によっては十年以上、もあり得るか？　ルキウスと離れるなんてなぁ)

幼い頃からつかず離れず、ルキウスの傍に居た。

それだけの時間を離れるというのは、正直想像がつかない。だが同時に、天才――並びに変人奇人が集うという大学ならば、ルキウスは思う存分に研究に専念できるのだろうとも思う。

そしてそこでの日々は、ルキウスにとって何よりの喜びであるはずだ。

王族、しかも第一王子なんかでなければ、きっとルキウスはいつまでもそうして魔道具とだけ向かい合っていられた。

つまりただ単純に、その場所に自分の姿がないことが――どうしてもイザックは、認められなかったのだ。

どこまでもついていくと決めていたのに、その能力のない自分が歯痒くて。

◇◇◇

「イザック。お前も大学に来い」

そんなわけで。

出し抜けにルキウスがそんなことを言ったとき、イザックは呆気にとられた。

「…………はっ⁉　オレが？」

「そうだ。そのほうが手っ取り早いだろ？」

フン、と鼻を鳴らすルキウス。

もちろん本気ではないだろうが……さすがに笑って流せない。

「ルカ。オレ、見ての通り頭は悪くないし顔も良いが、さすがに帝国が誇る魔法大学入学は逆立ちしても無理だぞ……」

「そうか？」

がっくりと項垂れるイザックに対し、ルキウスは無表情を崩さなかった。

「推薦さえ得れば意外といい線行くかもと思ってるけど、俺は」

「…………それ、本気で言ってんのか？」

「けっこう本気」

（そりゃあまた——光栄なことだな）

思いがけない発破を掛けられ、イザックは笑ってしまった。

こういうとき、ルキウスは冗談を言わない。つまりだ。

これでやる気が出ない男なんて、居ないんじゃなかろうか。

（いいぜ。お前のためならどこでもついてってやるよ。……まぁ無理だろうけどな！）

「仕方ねぇな、ちょっとやる気になっちまった。……責任取ってお前が勉強教えろよ、ルカ」

「ああ、いいだろう」

しかしそのすぐあと――。

イザックはその発言を心底後悔することとなった。

というのもルキウスは壮絶なまでにスパルタだった。

そのおかげもあり官吏登用試験には満点近い成績で合格し、現在はルキウスの秘書官としての地位にあるのだが――あの頃のことを思い出すと、今でもイザックはそれだけで、げっそりとやつれそうになる……。

◇◇◇

「タミニール様？」

――ふと、イザックは我に返った。

目の前で、ルイゼが不安そうに首を傾げている。

どうやらずいぶんと長い間、回想に浸ってしまっていたらしい。

「どうされました？　急に黙ってしまわれて……もしかして気分が悪いとか」

「……あー、スマン。そうじゃなくてな」

がしがしと頭を掻いて、イザックは考える。

もしもイザックが、たった今思い出したことを話し出したら……たぶん、ルイゼはまたとびっきり顔を輝かせて喜ぶだろう。

「実は――」

そこでイザックは開きかけた口をぴたっと閉じた。

この少女は、今までルキウスには居なかった唯一で――本当に特別な存在だ。

きっとこれからもルイゼはルキウスの隣で、凍りついた彼の様々な表情や感情を無造作に引き出していく。

それは彼女だけに許されたことで、特権で。

そこに、イザックの姿はどうしたってないのだ。

……そう思うとなんとなく。

ほんのちょっぴり、小指の先だけ――悔しいような気がして。

たったひとりの秘書官は、なははと笑って誤魔化すことにした。

「……なーんでもない。ちょっと考え事してただけだからさ」

（うん。これは……ルイゼ嬢にも内緒の、俺とルキウスだけの思い出話ってことで）

書き下ろし番外編

思いがけない再会

あの夜のことを、ジェーン・モルド子爵令嬢は何度も夢に見ていた。

「『アンタが、第二王子に捨てられた無能で間抜けなルイゼ・レコットねっ！　近くで見るとますますバカっぽいのね？』」

何度も繰り返し練習した異国の言葉を、無能令嬢にぶつけて。

彼女がみっともなく狼狽える姿に、ルキウスや周囲の人々が失望する姿が楽しみで仕方がなかったのに――企みが呆気なく失敗した、あの日のことを。

失敗の理由はひとつ。

嫌がらせの相手であるルイゼが一切の戸惑いを見せず、それどころか同じ言語を用いて言い返してきたからだ。

彼女の言葉の全ては、ジェーンにはさっぱり理解できず……結果的にルキウスの不興まで買い、ジェーンは父と共に壁際へと追いやられた。

――あの夜会のことは忘れなさい、と何度も父からは言われていた。

だがどうしても忘れられなかった。

屈辱と、羞恥と、後悔と……そして久方ぶりに目にした思い人の表情が、頭から離れなくて。

（ルキウス殿下は……楽しそうに笑っていた）

幼い頃、パーティーの場などで何度か見掛けただけの王子。

着飾ったどんな少女たちより美しく、どんな少年よりも凛々しい人は、ジェーンの家柄では気軽に話しかけることさえできないほど眩しくて、遠い存在で。

その冷たい美貌は、何者をも寄せつけなかったからこそ——ジェーンはどこか、安堵していたのだと思う。

（この方にとっては、私も、誰も、特別じゃない）

だから彼の留学が決まったときも、今後は遠くからも見つめられないのが残念ではあったが、そんなにショックではなかった。

異国の地でも偉大な研究を続ける彼は、ジェーンにとって憧れの人のままで……彼が開発したという魔道具が王国内で販売されるときは、使用人を発売日に魔道具店に並ばせ、すぐに手に入れた。友人とお茶会を開いて、見せびらかして自慢をしてみせた。それだけで、そんなちっぽけなことが幸せだったのだ。

——そんな人が十年ぶりに王国へと戻ってきて、はしゃがなかったと言えば嘘になるだろう。

だって彼にはまだ決まった相手が居ない。イスクァイ帝国から連れ帰った女性も居ないようだと父から聞き、もしかしたら、と淡い期待を抱いたのだって一度や二度ではない。

だが帰国した彼が、王都でとある令嬢と親しげに歩いていたと話題になっているのを知り……ジェーンは悔しかった。

しかもそれが、無能と嘲笑われる少女だったのだから尚更だ。

（そこに居ていいのはあなたなんかじゃない）

その思いだけに突き動かされて行動した結果、手酷い目に遭ったのだ。

その出来事のあとも、ジェーンは二人が話す姿を目の当たりにすることとなった。

柔らかく細められた瞳や、緩められた表情筋や、小さく笑みを刻む口元も……そのどれもが、十年前のルキウスにはなかった。一度だって目にしたことはないものだった。

その慈しむような、愛おしげな視線の先には――ひとりの少女の姿だけがあって。

二人が手を取り合い、ホールの中央で優雅なダンスを踊るのを、ジェーンは壁際から呆然と眺めることしかできなくて。

あの氷のように冷たく研ぎ澄まされた人も当たり前のように笑ったり、楽しげに喋ったりするのだと、そんな馬鹿な感想だけを抱いていた。

(……私が選ばれないことなんて、分かっていたのに)

ジェーンは今年で二十歳となるが、未だ結婚していない。

しかし、そろそろ身を固めるべきなのだろう。叶うはずのない初恋は、木っ端微塵に砕け散ったのだから。

幸い縁談の話はいくつかもらっている。その中からなるべく良縁と思える相手を選び、少しでも愛されるようにと願って嫁げばいい。

それだけのことだ。だがどこか、心は空虚に沈んでいる。

「そういえばお嬢様、本日中に王立図書館に本を返却しておくようにとモルド子爵が仰せです」

部屋に入ってきた侍女にそう言われ、ジェーンは気怠い身体を起こした。

今日はあまり気分が良くない。そんなのは、ここ最近は毎日のことだったが。

「……面倒ね」

だが、王立図書館は使用するのにいちいち入館許可の申請が必要だ。

今日を逃せば、また改めて申請を行わなければならなくなる。そのほうがよっぽど面倒だ。

そう思ったジェーンは、億劫《おっくう》な気持ちながら最低限の身支度を整え、屋敷を出たのだった。

◇◇◇

受付で本の返却を終えたら、すぐに帰るつもりだった。

しかし図書館に入ろうとしたところで、出てきた誰かと肩がぶつかりかけてしまった。

「すみません」

聞き覚えがある声に、ジェーンの呼吸が止まる。

というのも、こちらを見上げているのは忘れもしない鳶色の髪の少女――ルイゼ・レコットだった。

(どうしてこんなところに！)

ぎょっとするのもつかの間、ルイゼが「あ……」と小さく息を漏らす。

ルイゼも、こんなところでジェーンに遭遇するとは思っていなかったのだろう。宝石のような紫の瞳には驚きが浮かんでいた。

だが、ルイゼのほうは気を取り直すのも早かった。

「ごきげんよう、モルド子爵令嬢」

「……ごきげんよう」

ふわりと微笑んで挨拶をされれば、さすがに無視するわけにもいかない。

だが気分は怠いを通り越して最悪だ。一分一秒でも長くこの場に留まっていたくはない。

(さっさと本を返して帰ろう)

「では、私はこれで」

「――あの！　あなたのお名前を教えていただけませんか？」

「……は？」

しかし慌てたように声を掛けられ、ジェーンは足を止めてしまった。

振り向けば、ルイゼは眉を下げて微笑んでいる。

「結局あの日は、聞きそびれてしまいましたから」

……そういえばあのとき。

ルイゼは何かを、ジャライア語で一所懸命にジェーンに話し掛けていた。

ジェーンが答えないのに気がつくと、ゆっくりと、抑揚をつけて言葉を発していた。その一欠片も、ジェーンには理解できなかったが……。

(……私の名前でも、訊いていたのかしら)

ジェーンが黙ったまま動かないでいると。

一度話題を変えるべきと思ったのか――ルイゼがはにかんで話し掛けてくる。

「あなたはどうやって、ジャライア語を学んだのですか？」

学んだ、などという大それたことではない。

ジェーンがまともに発することができるのは、目の前の少女を侮辱するための言葉だけだ。それも、この数日の間に忘れつつあったが。

だが、なぜかジェーンは素直に言葉を返してしまった。

「エ・ラグナ公国に父の友人が居て……その方に聞いたんです」

ジェーンが直接聞いたわけではなかったが、概ねそれは真実だ。

ルキウスのパートナーとしてルイゼが夜会の場に招かれていると知ったときから、ジェーンは何か嫌がらせをしてやりたいと画策していた。

そのとき、ちょうど公国に行っていた父が友人から教わった言葉をメモし、そこに発音のクセなどを付け加え、それを持ち帰ってきたのだ。

そのメモを見て、毎夜のようにジェーンは言葉を練習していた。

（今思えば……我ながら馬鹿らしいけど）

そんなことよりも、少しでもルキウスの目に留まるようにと化粧や髪型、服装にこだわり、話術を鍛えて……そういった女性らしい努力をしたほうがよほどマシだったのではないか。

だが、結局ジェーンがどんな努力をしたとしても、ルキウスはきっとこちらを見向きもしなかったのだろう。

（あの方の目には、最初からこの子しか映っていなかった）

「あ、その本」

「……え？」

ルイゼの視線の先を追うと、彼女はジェーンが胸元に抱えた本を見つめていた。

異国の言葉のみで綴られた本。その表紙を見ただけで、ルイゼはなんの本かすぐに理解した様子だった。

「返却されるんですか？」

「……ちっとも読めませんでしたから」

（そもそも……どうして、この本を借りたんだったかしら）

自分のことなのによく覚えてもいない。

嫌がらせだけできれば良かったから、わざわざこんな本まで借りる必要なんてなかったのだ。

それなのに数日前、ジェーンは取ったこともない王立図書館の使用許可を申請して、この本を借りに行った。

ジャライア語の本があるかどうかも知らなかった。それを受付の人間に聞いて、場所を確かめて、シリーズ物の一冊目だというその分厚い本を家に持ち帰った。

結局、少し開いただけで目眩がして、机の隅に転がしておくだけだったが。

「レコット様にはこれが読めるんですか？」

そのせいか。

すぐに立ち去るつもりだったジェーンは、なんとなくそんなことをルイゼに訊いてしまっていた。

「はい。私もその本を読んでジャライア語を勉強したんです」

「本を読むだけでは、発音を理解するのは大変でしたが」と照れくさそうにルイゼが笑う。ジェーンは唖然としてしまった。

社交界ではなんの役にも立たないような異国の言葉をひとりで勉強して、いったいなんの意味があるのかと問い詰めたいくらいだったが――ルイゼの瞳は、ただ楽しげに輝いていて。

（これのどこが、無能で間抜けな令嬢なのよ）

もはや笑い出したい気分だった。

そんな根も葉もない噂を流した人間の首根っこを掴んでやりたい。そのせいでジェーンはとんだ赤っ恥を掻いたのだ。

「……すごいですね、レコット様は」

目の前のルイゼにも聞こえないくらいの声量で、ジェーンは暗く呟く。

やはりそれは聞こえなかったのだろう。ルイゼはふと、妙案を思いついたというように言った。

「よろしければ、一緒に読みませんか？」

「え？」

「その本です」

ジェーンは聞き違いかと思った。

（この子、私があの日ぶつけた言葉の意味は、ちゃんと分かってるのよね……？）

まじまじとルイゼを見つめていたジェーンは、その透き通るような瞳としばし向き合ってしまうこととなり――気がついて、慌ててそっぽを向いた。

素っ気なく断ってやろうと思う。ジェーンはルイゼなんかと親しくしたいとはまったく思っていない。むしろ金輪際《こんりんざい》、関わりたくない。

それなのにジェーンの唇は勝手に動いて。

「言っておきますけど、私、本当にちっとも読めないんです」

（……何言ってるの、私）

「読めないというか、あの日レコット様にぶつけた言葉しか言えないし——それ以外、何も知らないんです。あなたみたいに前向きな勉強なんてちっともしてないんです。だから——」

「でも、発音がきれいでした」

気がつけば泣き出しそうになっていたジェーンは、その一言に俯いていた顔を上げる。

ルイゼはにこにこと笑っていた。そこにジェーンを馬鹿にする感情など何一つ浮かんではいなかった。

そして彼女は手を合わせて、それは楽しげに言うのだ。

「読めるようになったらもっと楽しいですよ、きっと！」

（…………変な子）

瞳が潤んで、喉がつかえて……言葉がうまく出なくなる。

どうしてそんなことが言えるのだろう。罵られたと知りながらも、無邪気に笑えるのだろう。

（でも……）

純粋な好奇心に輝く彼女の目を見ているとここ数日間、鬱屈と塞ぎ込んでいたのも馬鹿らしくなってきて。

ジェーンは緊張しながら、その名を呼んだ。

「ルイゼ、様」

「はい？」

たぶん、まずはここから始めないといけないから。

震えを抑えるために咳払いをしてから――勇気を出して、伝えた。

「あの日は酷いことを言ってごめんなさい。それと私の名前は、ジェーン・モルドと言います――」

……目の前の少女の表情が、花開くように綻ぶのを見つめながら。

ジェーンは、自身の口元まで自然と緩んでいってしまうのを自覚したのだった。

あとがき

お初お目にかかります、榛名丼と申します。

この度は『婚約破棄された替え玉令嬢、初恋の年上王子に溺愛される』をお手に取っていただき誠にありがとうございます！


小学六年生くらいの頃から、漠然と「小説家になりたいな～」と夢を抱いておりました。そんなわたしにとって、『替え玉令嬢』は初の書籍化作品となりました。未だに「本当に本になるんだろうか？」と毎日のようにドキドキしております。

登場人物たちへの思い入れは尋常ではなく、主人公のルイゼとヒーローのルキウスを始めとして、もうみんな愛おしくて仕方がなくて、執筆するのが本当に楽しい作品です。


そして本作を素敵すぎるイラストで彩ってくださった雲屋先生、本当にありがとうございます！

カバーイラストの美しすぎる二人を毎日眺めるのがわたしの日課でした。現在、めまいとか緑内障とか、いろいろと身体の諸症状に悩まされているのですが、どんな悩みも吹っ飛んじゃうくらいにカバーも口絵も挿絵も大好きでメロメロになっています。

出来れば五十ページほど感想を語りたいところなのですが、残念ながらそれが叶わないので、一言だけ言わせてください。生まれ変わったら、王宮で働いて、美形主従を遠くから見つめる仕事に就きたいです。

担当編集のK様。右も左も分からないわたしでしたが、どんなときも明るく引っ張ってくださってありがとうございました。これからもどうか宜しくお願いします！

お話を書くにあたって、たくさんの相談に乗ってくれた姉妹にも感謝しています。「イザックって既婚者でもいいかな？」と訊いた瞬間に「嫌！　やめて！」と悲鳴を上げた妹の声が今でも忘れられません。おかげでイザックは未婚になりました（笑）。

『小説家になろう』のサイトで応援をしてくださった方々、この本を出すにあたってお力を貸してくださった方々にも、心から感謝申し上げます。

また次巻で、お目にかかれましたら幸いです。

二〇二一年九月十八日　榛名丼

婚約破棄された替え玉令嬢、
初恋の年上王子に溺愛される2
『……ルイゼとふたりで
居られる時間が減った……』
魔道具研究所での
新生活は大忙し!?

一方で、妹・リーナの
罠も迫る――！
第2巻
2022年
発売――。

婚約破棄された替え玉令嬢、
初恋の年上王子に溺愛される
@COMIC

早くもコミカライズ決定!!!

漫画：krage

Comment

榛名井先生の生み出された素敵な物語と、雲屋ゆきお先生の生み出された素晴らしいビジュアルを表現出来るように最大限頑張ってまいります！　不器用な2人の物語を描けるのが今から楽しみです。よろしくお願いします！

婚約破棄された替え玉令嬢、初恋の年上王子に溺愛される

2021年10月1日　第1刷発行

著　者　榛名丼

発行者　本田武市

発行所　TOブックス
〒150-0002
東京都渋谷区渋谷三丁目1番1号　PMO渋谷Ⅱ　11階
TEL 0120-933-772（営業フリーダイヤル）
FAX 050-3156-0508

印刷・製本　中央精版印刷株式会社

ISBN978-4-86699-330-0

Printed in Japan